D1752541

El clima

Diseñado y realizado por Weldon Owen Pty. Ltd., Australia
©2002 Weldon Owen Inc.

Autor: Scout Forbes
Asesor: Richard Whitaker
Ilustradores: Richard Bonson / Wildlife Art Ltd., Robin Boutell / Wildlife Art Ltd., Anne Brownman, Chris Forsey, Richard McKenna, Nichola Oram, Olivier Rennert, Glen Vause
Mapas: Laurie Whiddon
Diseño gráfico: John Bull, Clare Forte, Robyn Latimer

Título original: *Weather*
Traducción: Francisco Martín
© de la presente edición
National Geographic Society, 2005
Realización editorial: RBA libros, S.A.

Reservados todos los derechos. Prohibida la reproducción bajo cualquier formato sin expresa autorización del editor.

Ref.: MOSD-008
ISBN: 84-8298-345-8
Depósito legal: B. 16.059-2005
Impreso por: Egedsa, Sabadell

El clima

MOLINO

Sumario

¿Qué es el tiempo? 6
La atmósfera 8
El rey Sol 10
La circulación del aire 12
La tierra y el mar 14
Los frentes 16
Los climas 18
El agua y sus distintos estados .. 24
Las nubes 22
Las precipitaciones 24
La magia de los colores 26

El tiempo se enfada 28
Las tormentas 30
Los relámpagos 32
Los tornados 34
Los ciclones 36
Las inundaciones 38
La sequía 40
Las ventiscas de nieve 42
Habitantes de climas extremos .. 44

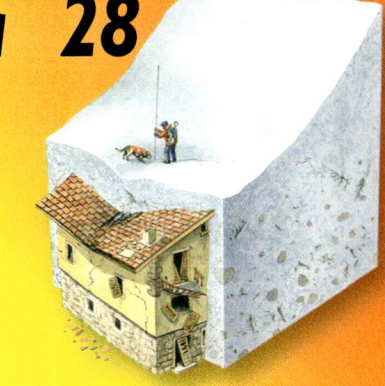

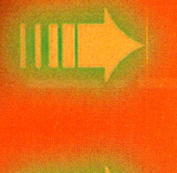

El tiempo que va a hacer 46
A la búsqueda de signos 48
La meteorología 50
Una cuestión de medidas 52
Las previsiones 54
Los partes meteorológicos 56
El clima a largo plazo 58
¿Va a cambiar el clima? 60

Glosario 62
Índice analítico 64

¡Elige tu itinerario!

TE DISPONES A DESCUBRIR qué tiempo va a hacer. Puedes leer este libro desde la primera hasta la última página o puedes ir directamente a los temas que más te interesen: las tormentas, los tornados o las inundaciones si te gustan las sensaciones fuertes; el Sol, las nubes, el arco iris si quieres entender estos fenómenos; y la meteorología si quieres hacer previsiones.

En los recuadros encontrarás otras pistas de lecturas. Los recuadros «Primer plano» te envían en exploración con los cazadores de tormentas y otros aventureros de lo extremo. Los recuadros «Te toca jugar» te proponen experiencias y te permiten construir una auténtica estación meteorológica. En «Historia de las palabras» aprenderás el origen del vocabulario culto y en «¡Increíble!» descubrirás récords y fenómenos sorprendentes. Finalmente, los recuadros «Zapping» te ayudarán a circular entre una página y otra y a satisfacer tu curiosidad.

PRIMER PLANO
Los aventureros de lo extremo

Viaje al ojo de un ciclón con el 53 escuadrón de reconocimiento meteorológico. Descubre el récord de altitud que batieron Glaisher y Coxwell en su globo y los trabajos de Molina y Rowland, que previeron la aparición del agujero en la capa de ozono diez años antes de su descubrimiento. Los recuadros PRIMER PLANO presentan personajes que han marcado la historia de la meteorología.

TE TOCA JUGAR
Experiencias y actividades

Crear relámpagos o un arco iris, construir tú mismo instrumentos que te permitan registrar la cantidad de precipitaciones, la presión atmosférica y la velocidad del viento, redactar un boletín meteorológico... Las actividades de los recuadros TE TOCA JUGAR te permitirán entender mejor el clima y la meteorología.

Historia de las palabras

¡Huy qué palabra! ¿Qué significa? ¿De dónde viene? Lo aprenderás en los recuadros.

¡Increíble!

En estos recuadros se presenta una serie de hechos divertidos y de récords sorprendentes.

Zapping

Consulta estos recuadros para pasearte por el libro saltando de un capítulo a otro según lo que te interese.

¿Qué es el tiempo?

La meteorología es un aspecto esencial de nuestra vida, ya que, el levantarte por la mañana, una de las primeras cosas que haces es mirar por la ventana qué tiempo hace.
Pero, en realidad, ¿cuál es la causa del tiempo que hace? A grandes rasgos, el movimiento del aire en la superficie de la tierra crea nubes, vientos, lluvia y nieve. Aunque el tiempo es difícil de prever, sigue un esquema más o menos regular que se llama clima.

pág. **8**
¿Cómo se llama la capa de aire que envuelve a la Tierra y que nos protege de los residuos que caen del espacio, como los meteoritos, los asteroides y los satélites fuera de servicio?

Cap. sobre La atmósfera

pág. **10**
¿Por qué la rotación de la Tierra alrededor del Sol determina las estaciones?

Cap. sobre El rey Sol

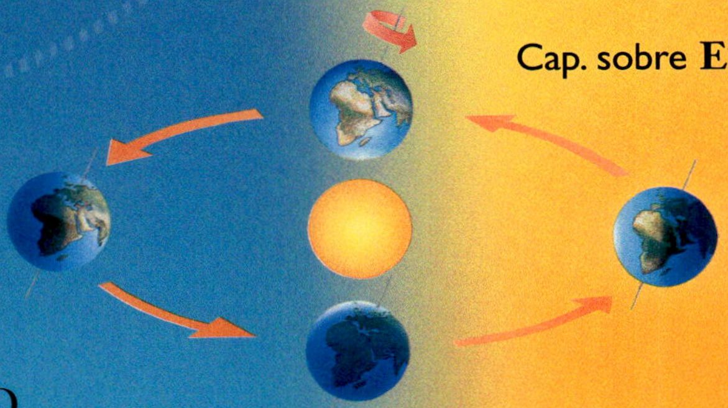

pág. **12**
¿Qué sucede en India cuando llega el monzón de verano?

Cap. sobre La circulación del aire

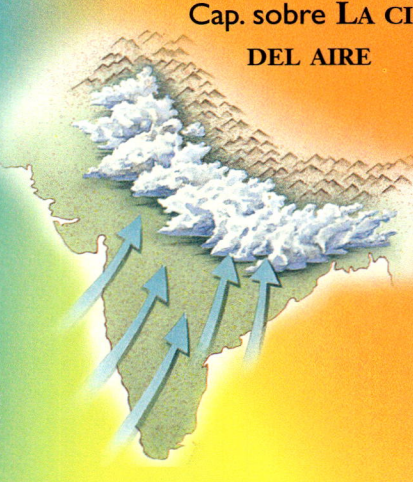

pág. **14**
¿Sabes qué es una brisa marina?

Cap. sobre La tierra y el mar

pág. **16** ¿Qué sucede cuando hay una colisión entre aire frío y caliente?

Cap. sobre LOS FRENTES

pág. **18** ¿Cuál de estos árboles crece en regiones tropicales?

Cap. sobre LOS CLIMAS

pág. **20** ¿Cómo se forman la niebla y el vaho?

Cap. sobre EL AGUA Y SUS DIVERSOS ESTADOS

pág. **22** ¿Sabes que es posible crear nubes?

Cap. sobre LAS NUBES

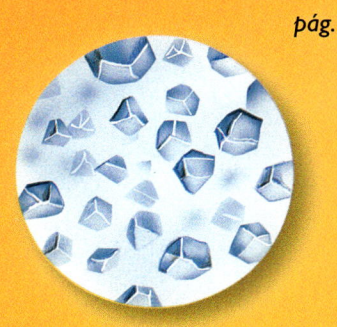

pág. **24** Las gotas de agua que caerán ¿lo harán en forma de nieve, hielo o lluvia?

Cap. sobre LAS PRECIPITACIONES

pág. **26** Puedes crear tu propio arco iris: ¿lo sabías?

Cap. sobre LA MAGIA DE LOS COLORES

Globo sonda   *Satélite*

La atmósfera

LA ATMÓSFERA APORTA el oxígeno y agua necesarios para la vida y nos protege de las radiaciones nocivas del sol y de los residuos que llegan del espacio: asteroides, meteoritos y satélites fuera de servicio. Gracias a ella las temperaturas que reinan en la Tierra favorecen la vida.

La temperatura del aire varía en función de la altitud en las cinco capas que componen la atmósfera. Los científicos descubrieron la existencia de estas capas a finales del siglo XIX elevándose en el aire con globos. Fue un francés, Teisserenc de Bort, quien observó que la temperatura dejaba de disminuir pasados los 10.000 m de altitud aproximadamente. Dedujo que ese límite marcaba el comienzo de una nueva capa atmosférica: la estratosfera.

Cerca de un 99 % de los fenómenos climáticos se producen en la capa inferior de la atmósfera en la que vivimos: la troposfera.

UN ESCUDO FRÁGIL
La Tierra es el único planeta del sistema solar cuya atmósfera contiene agua suficiente para que exista vida. Pero la atmósfera es muy delgada: si la Tierra fuese una manzana, equivaldría al espesor de la piel de ese fruto.

LO ALTO DE LA TROPOSFERA
Las formas negras que se aprecian en esta imagen por satélite de la atmósfera son nubes de tormenta. Como esta clase de nubes dejan de desarrollarse en el límite superior de la troposfera, su cima en forma de yunque permite localizar ese límite.

CAPA TRAS CAPA
Imagina que te elevas despacio en el aire con un termómetro en la mano: observarás que la temperatura de la troposfera desciende unos 7 °C cada 1.000 m. En el límite de la estratosfera el aire se calienta y vuelve a enfriarse en la capa siguiente: la mesosfera. En seguida las temperaturas aumentan de forma espectacular en la termosfera y luego en la capa más alta, la exosfera, donde pueden alcanzar 1.650 °C.

PRIMER PLANO
Peligro de muerte en los cielos

En septiembre de 1862, en Inglaterra, el científico James Glaisher y su piloto Henry Coxwell iniciaron su segundo vuelo para estudiar en la atmósfera a bordo de un globo. Superaron la altitud alcanzada en el primer ascenso y comenzaron a sentir el frío y la falta de oxígeno. Coxvell advirtió que el cordel del que tenía que tirar para accionar la válvula de escape que haría descender el globo se había enredado en el cordaje. Trepó por él para desenredarlo, pero se le helaron las manos y no podía moverlas. Abajo, en la barquilla, Glaisher había perdido el conocimiento. Si el globo seguía subiendo, se exponían los dos a una muerte segura. Con un último esfuerzo logró agarrar el cordel con los dientes y tiró de él.
El globo volvió a bajar y Glaisher recobró el conocimiento. Al elevarse a más de 9.150 m, acababan los dos de batir un récord de altitud.

Avión furtivo

Historia de las palabras

• **Atmósfera** viene de dos palabras griegas: *atmos*, que significa «vapor» o «gas», y *sphaera*, que quiere decir «esfera».

¡Increíble!

• La termosfera actúa a modo de escudo, contra ciertas ondas de radiación que «rebotan» en ella y llegan directamente a otros continentes.

Zapping

• ¿Cómo se explican los cambios de color del cielo? Respuesta en págs. 26-27.
• El hombre puede dañar la capa de ozono y provocar un recalentamiento de la atmósfera. ¿Cómo? → págs. 60-61.

Exosfera
Termosfera
Mesosfera
Estratosfera
Troposfera

Dibujo a escala

UNA BUENA PROTECCIÓN

Ciertos gases de la atmósfera juegan un papel esencial para hacer habitable nuestro planeta.

LA CAPA DE OZONO

A unos 24 km por encima de nuestras cabezas se extiende una fina capa de un gas llamado ozono. A semejanza de una cortina, esta capa nos protege de los rayos ultravioleta nocivos que emite el Sol.

EFECTO INVERNADERO

Parte de la luz del sol queda bloqueada en la atmósfera y la otra parte es absorbida por la Tierra o se refleja en forma de calor. Los gases de efecto invernadero impiden que este calor escape como es debido y recalientan la atmósfera.

UN EQUILIBRIO COMPLEJO

Las diversas partes de la Tierra no reflejan ni absorben la misma cantidad de luz. Los mares y los bosques tropicales absorben gran cantidad, mientras que el hielo circumpolar refleja hasta el 90 % de la luz.

Termómetro   *Barómetro*   *Manga de aire*

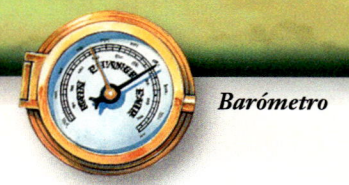

El rey Sol

¿SABES QUE EL SOL induce la formación del viento, las nubes y la lluvia? La atmósfera está formada por moléculas de aire en constante movimiento y estos movimientos crean la presión atmosférica.

Cuando luce el sol, las moléculas cercanas a él se calientan, lo que hace que suban (convección) y se cree una zona de baja presión (depresión) en la Tierra. El aire caliente que sube se enfría y se extiende, y cuando adquiere una temperatura inferior a la ambiental, comienza a descender y forma una zona de alta presión (anticiclón). Como la atmósfera tiende a nivelar las diferencias de presión, a continuación el aire se desplaza del anticiclón hacia la depresión. Así nacen los vientos.

Como ciertas partes del planeta están más calientes que otras y la insolación varía a lo largo del año, el clima cambia de una región del globo a otra y de una estación a otra.

CADA VEZ MENOS AIRE
La gravedad atrae las moléculas de aire hacia la superficie de la Tierra. Cuanta mayor altitud más disminuyen la presión atmosférica y la cantidad de oxígeno. Por eso los alpinistas sufren a veces por falta de oxígeno.

Al descender, el aire impide que se formen nubes.

El aire que baja forma una zona de alta presión (anticiclón).

ENTRE DOS FUEGOS
Cuanta más diferencia de presión existe entre dos zonas, más fuerte es el viento que se forma. Si sientes que sopla una brisa suave, es que te encuentras entre una zona de presión moderadamente elevada y una zona de presión moderadamente baja. Si sopla viento fuerte, es que hay mucha diferencia de presión.

Verano en el norte, invierno en el sur.

Primavera en el norte, otoño en el sur.

Otoño en el norte, primavera en el sur.

CAMBIOS DE ESTACIÓN

Como la Tierra gira sobre un eje inclinado 23,5°, la cantidad de energía solar que llega a las distintas partes del planeta cambia a medida que éste gira alrededor del Sol. Estas variaciones originan las estaciones. En el hemisferio inclinado hacia el Sol es verano y los días son largos. En el hemisferio contrario es invierno y los días son cortos. En primavera y en otoño los días y las noches tienen la misma duración y las temperaturas son más suaves.

Historia de las palabras

• Solar viene del latín solares, derivado de sol, «Sol».
• La presión atmosférica se mide en hectopascales, término que asocia la palabra griega hekaton («cien») con Blaise Pascal (1623-1662), quien demostró que la presión del aire disminuye con la altura. Un hectopascal (hPa) es igual a 100 pascales (Pa).

¡Increíble!

• El aire contenido en una habitación pesa tanto como un niño.
• La presión atmosférica más alta a nivel del suelo es de 1.083,8 hPa. Se registró en Siberia en 1968. La más baja, 877 hPa, se registró en Guam (Pacífico) en 1958.

Zapping

• El Sol calienta la superficie de la Tierra de modo regular y la circulación atmosférica general resultante da origen a los sistemas de vientos planetarios. ¿Cómo? Respuesta en páginas 12-13.
• ¿Qué fenómeno da origen a las tormentas? → páginas 16-17.
• ¿Cómo se forman las nubes? → páginas 22-23.
• ¿Cómo se representan en los mapas meteorológicos las zonas de baja y alta presión? → páginas 56-57.

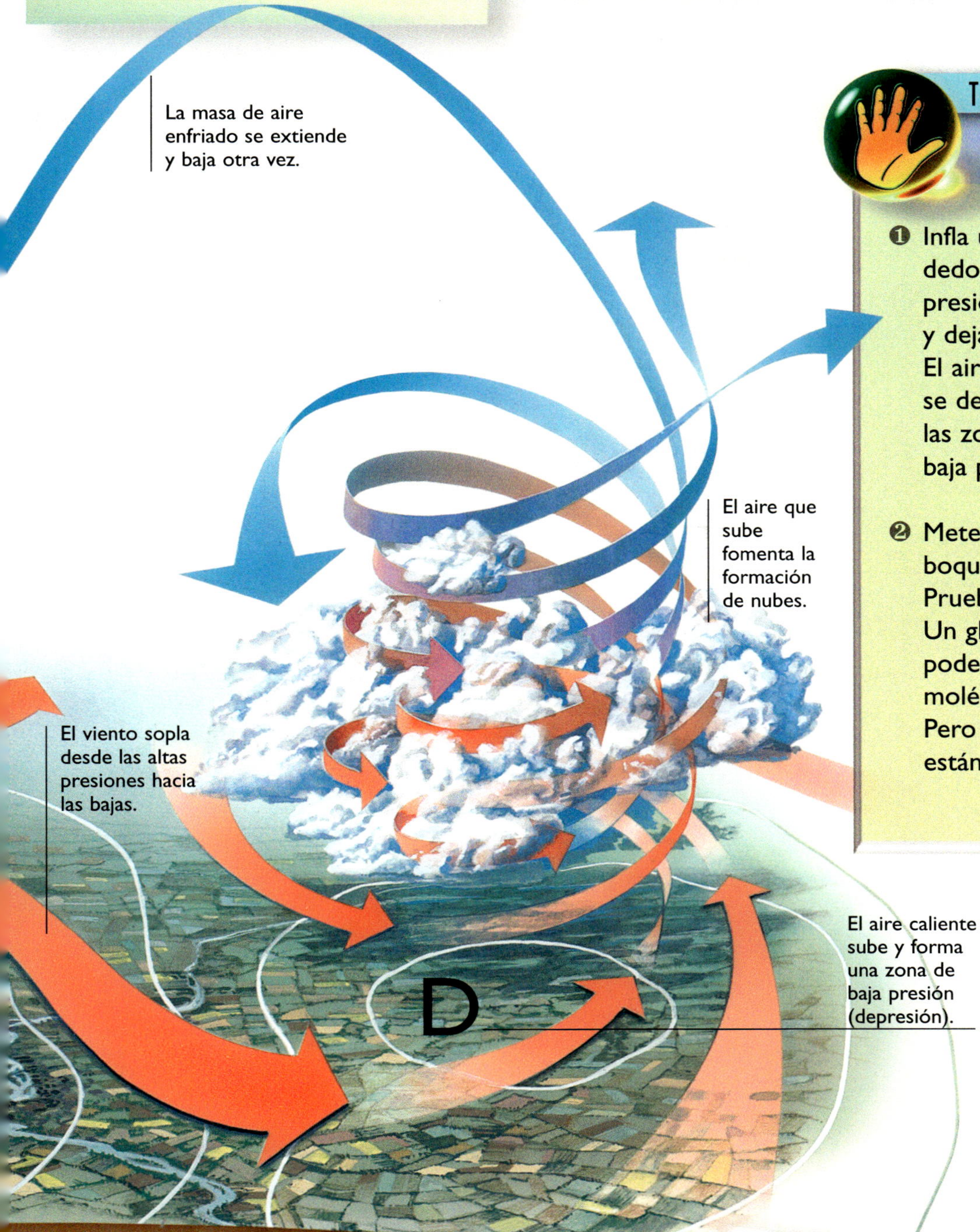

La masa de aire enfriado se extiende y baja otra vez.

El aire que sube fomenta la formación de nubes.

El viento sopla desde las altas presiones hacia las bajas.

El aire caliente sube y forma una zona de baja presión (depresión).

TE TOCA JUGAR

Bajo presión

❶ Infla un globo y cierra la boquilla con los dedos: acabas de crear una zona de alta presión. Pon la boquilla frente a tu cara y deja salir el aire sin soltar el globo. El aire sopla en tu rostro. Del mismo modo se desplaza el aire de la atmósfera desde las zonas de alta presión hasta las de baja presión y crea el viento.

❷ Mete un globo en una botella con la boquilla ajustada al cuello por fuera. Prueba a inflar el globo: es imposible. Un globo, para inflarse, necesita poder dilatarse y desplazar las moléculas de aire que le rodean. Pero en la botella las moléculas están encerradas por el vidrio rígido.

DEPRESIONES Y ANTICICLONES

Como el aire caliente sube, disminuye su número de moléculas a ras del suelo y se forma una zona de baja presión (depresión). A medida que el aire se enfría vuelve a bajar: el número de moléculas aumenta a ras del suelo y se forma una zona de alta presión (anticiclón). Entonces, el aire se desplaza desde la zona de alta presión hacia la zona de baja presión en forma de viento. El aire que sube aumenta la formación de nubes, al contrario del aire que baja. Por eso las bajas presiones suelen traer un tiempo húmedo y nuboso, mientras que las altas presiones son sinónimo de buen tiempo.

Invierno en el norte, verano en el sur.

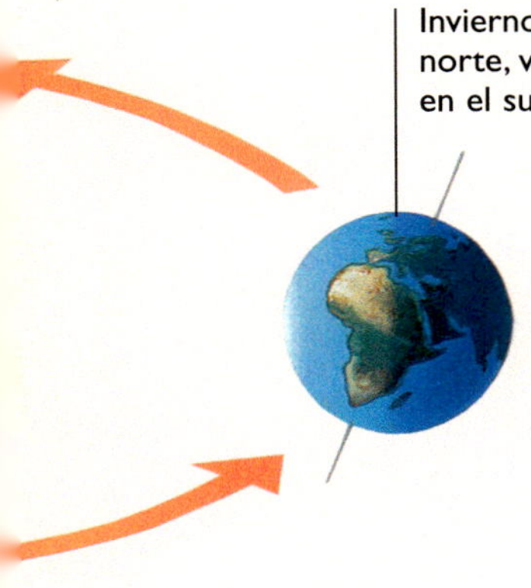

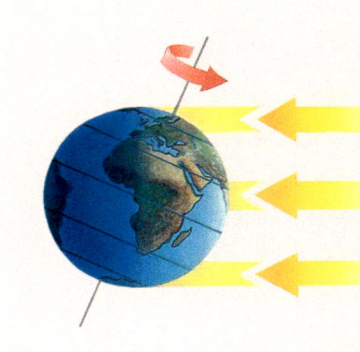

MUCHO CALOR

Donde más calor da el sol a lo largo del año es en los trópicos. En junio, se encuentra directamente encima del trópico de Cáncer (izquierda) y en diciembre está sobre el trópico de Capricornio (derecha).

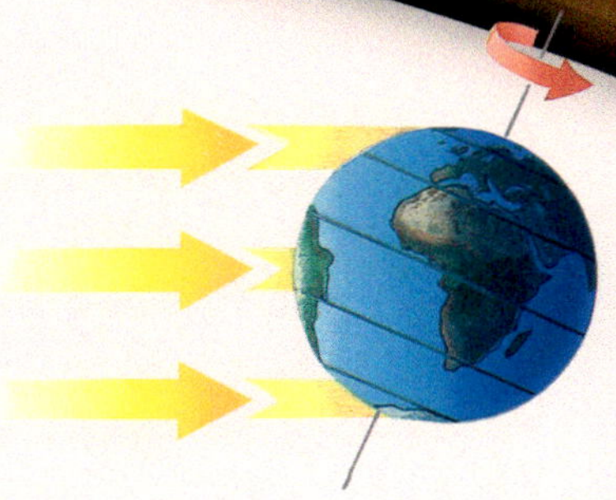

Velero

Veleta

La circulación del aire

A NIVEL DEL ECUADOR el aire caliente y húmedo se eleva a más de 12 km. Se enfría, se seca y vuelve a caer al suelo a unos 3.000 km al norte y al sur de su lugar de origen. Allí una parte del aire vuelve hacia el ecuador a ras del suelo, creando una circulación en forma de rizo que se llama célula.

Estos movimientos de aire en las regiones templadas y en los polos dan origen a los principales sistemas de vientos del planeta y determinan los distintos climas en la superficie de la Tierra. El aire cálido y húmedo que asciende en la región del ecuador da origen a las lluvias que caen en los trópicos, mientras que el aire seco que desciende a 30° norte y sur del ecuador crea una franja de clima en la que se sitúan la mayoría de las regiones áridas. Además, los vientos que soplan hacia el norte y hacia el sur son desviados por la rotación de la Tierra: la fuerza Coriolis.

TE TOCA JUGAR
La fuerza Coriolis

❶ Toma un globo terráqueo y un trozo de tiza y dile a un amigo que lo gire hacia el este mientras tú trazas una línea vertical entre el polo Norte y el ecuador.
❷ La línea que acabas de trazar es curva. Debido a la rotación terrestre se ha desviado hacia la derecha.
Del mismo modo, en la rotación de la Tierra da la impresión de que los vientos se desplazan hacia la derecha en el hemisferio norte y hacia la izquierda en el hemisferio sur.

Corrientes-chorro: Vientos fuertes del oeste que soplan a gran altitud.

Célula de Hadley: El aire caliente se eleva en la región del ecuador y se extiende hacia los polos antes de bajar otra vez a unos 30° al norte y al sur.

CORRIENTES-CHORRO
A gran altitud en la atmósfera, entre las grandes células, soplan los vientos corrientes-chorro. Cuando transportan aire húmedo, a veces forman franjas nubosas estrechas, como en la imagen por satélite que muestra una corriente-chorro sobre el Mar Rojo.

SISTEMAS DE VIENTOS
Los movimientos del aire dan origen a los tres grandes tipos de células. Las más próximas al ecuador se llaman células de Hadley, por el científico inglés que las describió en 1753. Las células de Ferrel, situadas entre 30° y 60°, las describió en 1856 el científico estadounidense del mismo nombre. Las terceras son las células polares, a veces llamadas polares de Hadley.

LÍNEAS PARALELAS
En esta imagen por satélite se ve que el aire ascendente crea franjas de tiempo nuboso e inestable a lo largo del ecuador y por encima de 40°, mientras que el aire descendente da origen a un cielo más despejado a 30° al norte y al sur.

Eólica

Célula de Ferrel: Una parte del aire de las células de Hadley sigue su curso hacia los polos hasta elevarse a 60° norte y 60° sur aproximadamente.

Historia de las palabras

La **fuerza Coriolis** debe su nombre al científico francés Gaspard Coriolis (1792-1843), que fue el primero en definir la fuerza de desviación vinculada a la rotación de la Tierra sobre su eje.

¡Increíble!

Las corrientes-chorro alcanzan hasta 400 km/h en invierno. Los aviones que vuelan en la misma dirección del viento aprovechan a veces esas corrientes. En América del Norte ganan hasta hora y media de vuelo en el trayecto de una costa a otra.

Zapping

- ¿Cómo se desplaza el aire desde las zonas de alta presión hasta las zonas de baja presión? Respuesta en páginas 10-11.
- ¿Cuál es el origen de los ciclones?
→ páginas 36-37.
- ¿Por qué hay inundaciones?
→ páginas 38-39.

Girar sin cesar

Como la Tierra es redonda, la fuerza Coriolis es más fuerte en los polos e inexistente en el ecuador.
En el hemisferio norte provoca un desplazamiento del aire hacia abajo, en el sentido de las agujas del reloj, alrededor de las altas presiones (como cuando se hunde un tornillo), y hacia arriba y en sentido inverso (como cuando se saca un tornillo) alrededor de las bajas presiones.
En el hemisferio sur estos movimientos se producen al revés.

Célula polar: En los polos el aire frío desciende y avanza hacia el ecuador antes de elevarse al contacto con la célula de Ferrel.

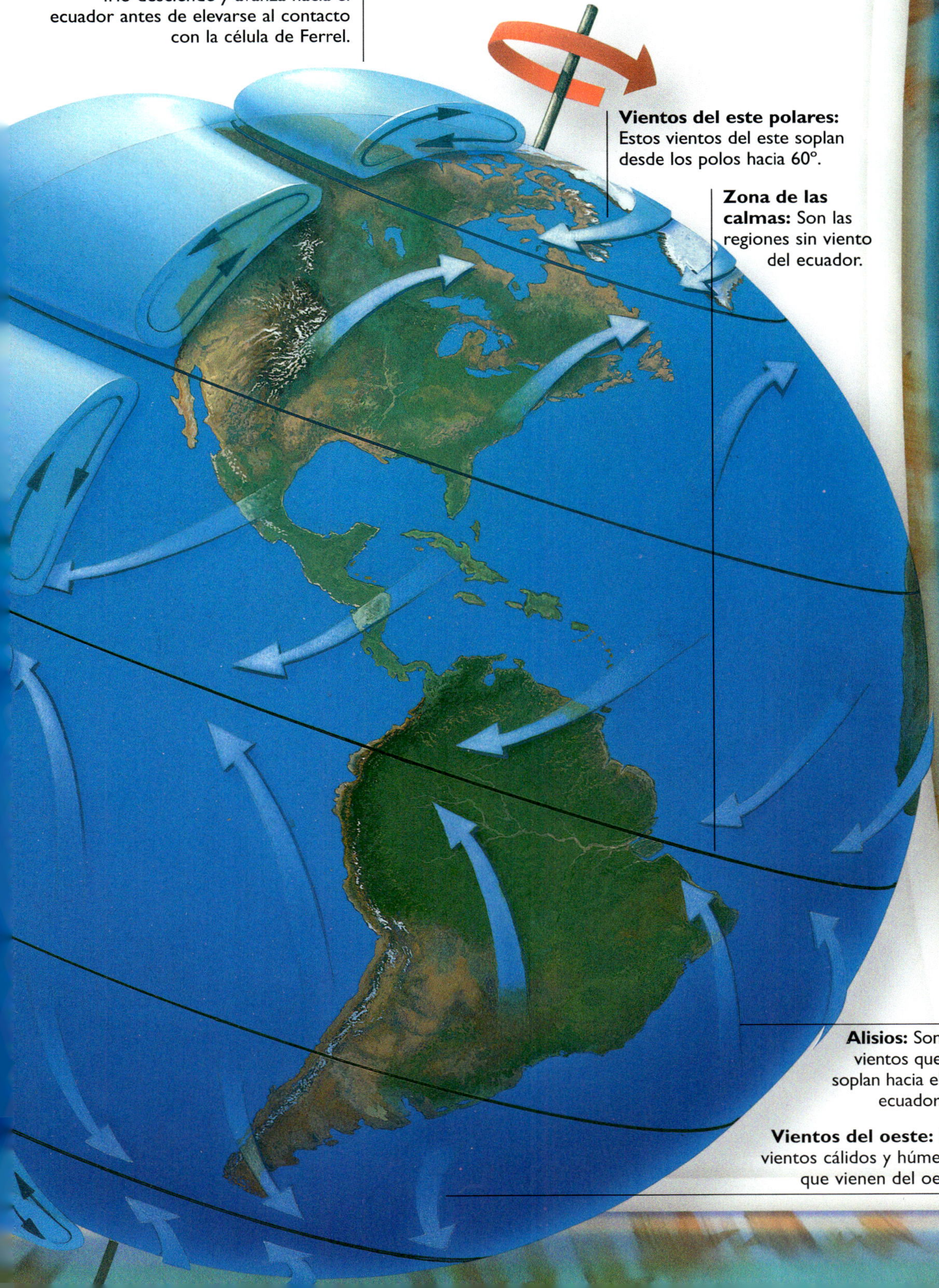

Vientos del este polares: Estos vientos del este soplan desde los polos hacia 60°.

Zona de las calmas: Son las regiones sin viento del ecuador.

Alisios: Son vientos que soplan hacia el ecuador.

Vientos del oeste: Son vientos cálidos y húmedos que vienen del oeste.

El monzón

Es un viento estacional que lleva fuertes lluvias a las regiones subtropicales como India y Bangla Desh.

Estación seca

En invierno, una presión alta en tierra da origen a vientos noreste que empujan el aire húmedo fuera de la India sobre el mar.

Estación de las lluvias

En verano, las temperaturas altas provocan bajas presiones en tierra, lo que atrae el aire caliente y húmedo del mar. El resultado son lluvias torrenciales.

Velero   *Cometa*   *Tabla con vela*

La tierra y el mar

LA TIERRA Y EL MAR no se calientan ni se enfrían del mismo modo. La tierra se calienta rápidamente si hace buen tiempo y se enfría también muy rápido si baja la temperatura. El mar tarda más en almacenar y desprender el calor y, al contrario que la tierra, está siempre en movimiento pudiendo absorber calor en una zona y desprenderlo en otra. En las costas, una corriente fría puede enfriar un litoral caliente y una corriente cálida calentar un litoral frío.

Estas diferencias entre la tierra y el mar dan origen a vientos costeros. Si hace buen tiempo, la tierra se calienta por el día, lo que causa un ascenso rápido de aire que forma una zona de baja presión. Esta zona atrae el aire que llega del mar y da origen a una brisa marina.

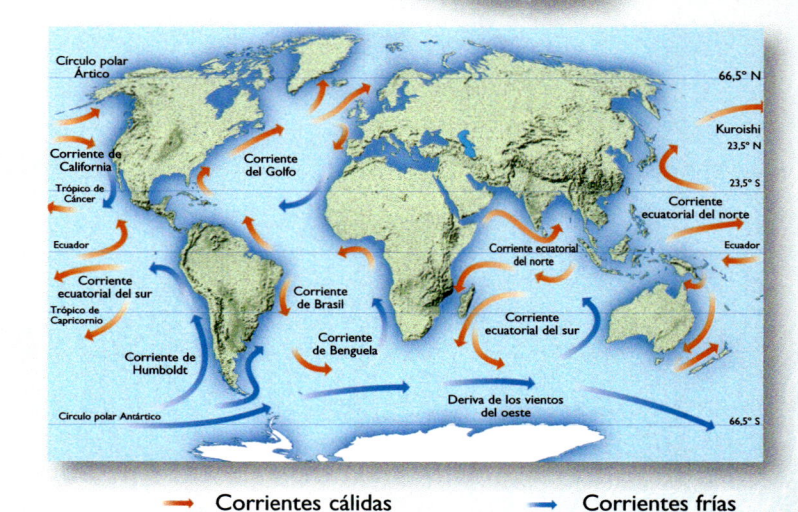

→ Corrientes cálidas   → Corrientes frías

AGUA CALIENTE, AGUA FRÍA
Las principales corrientes marinas (u oceánicas) se originan por efecto de los vientos del planeta que transportan agua caliente o fría a gran distancia alrededor del planeta y ejercen una influencia importante sobre el clima. La corriente del Golfo es ejemplo de ello: transporta agua cálida del mar del Caribe hacia el norte del Atlántico. Sin ella el clima del noroeste de Europa no sería tan suave.

TE TOCA JUGAR
El ciclo del agua

❶ Llena por la mitad una fuente honda con una mezcla de agua y barro.

❷ Pon en medio un vaso más bajo que la fuente.

❸ Tapa la fuente con filme transparente de cocina y pon una piedra sobre el vaso sin tocarlo.

❹ Deja la fuente en el suelo unas horas y observa después: el vaso tiene agua limpia. El calor solar ha hecho que el agua de la fuente se evapore —el barro no se ha movido—. El vapor se ha transformado en agua por debajo del filme y, como el vapor de agua produce lluvia, las gotas han caído al vaso igual que la lluvia cae del cielo.

Al evaporarse el agua forma nubes.

EL TIEMPO A LA ORILLA DEL MAR
Durante el día se ve muchas veces una línea de nubes a la orilla del mar. Su presencia se explica por el hecho de que la tierra desprende más calor que el mar y causa una mayor ascensión de aire; cuando hay bastante humedad, se forman nubes. El aire que desciende provoca también vientos locales llamados brisas de tierra y brisas marinas.

Historia de las palabras

Cuando una masa de aire cruza una cordillera cae y seca. Este fenómeno, el **efecto de foehn**, explica la existencia de zonas áridas detrás de las montañas, como sucede en el litoral mediterráneo.

¡Increíble!

Fuertes vientos marinos soplan en la Antártida, donde las bajas presiones nocturnas atraen el aire helado del altiplano hacia el mar. Estos vientos llegan a alcanzar velocidades de más de 160 km/h.

Zapping

- ¿Cómo se forman los vientos? Respuesta en página 13.
- ¿Dónde se originan los ciclones y por qué pierden fuerza al llegar a tierra? → página 36.
- ¿Cómo un cambio que afecta a una corriente marina puede provocar sequía? → página 41.

El ciclo del agua

La interacción entre la atmósfera, la tierra y el mar da origen a un ciclo del agua que influye sobre el tiempo y nos provee de agua fresca. Cuando el sol calienta el mar, los lagos y los ríos, parte del agua se convierte en vapor: este fenómeno se llama evaporación. El vapor de agua forma nubes que a su vez producen lluvia. Una parte de ella la absorben el suelo y las plantas y el resto vuelve al mar a través de los ríos y del subsuelo.

Se forman nubes sobre la tierra.

La lluvia cae de las nubes.

Zona árida (efecto de foehn).

El agua de lluvia llega a los lagos, los ríos y las capas freáticas.

El agua alcanza el mar por los ríos superficiales y subterráneos.

Brisa marina
Por el día la tierra se calienta más deprisa que el mar. El aire asciende y lo sustituye el aire más fresco que llega del mar: son las brisas marinas.

Brisa de tierra
Por la noche la tierra se enfría más que el mar. La baja presión encima del agua atrae el aire que viene de la tierra: son las brisas de tierra.

Delimitación exacta
Esta foto por satélite del sur de India muestra el efecto de la brisa marina sobre la formación de nubes. Las nubes se originan en tierra al ascender el aire caliente, pero no existen en el litoral donde el aire más frío desciende.

Símbolo de frente frío   *Símbolo de frente cálido*

Los frentes

CUANDO DOS MASAS DE AIRE de distinta temperatura se encuentran, «se enfrentan» a lo largo de una línea (frente) y causan perturbaciones atmosféricas. Si una masa de aire frío en movimiento encuentra una masa de aire caliente inmóvil, el aire frío se introduce por debajo del caliente y lo hace elevarse. El resultado es un frente frío. Como el aire caliente sube deprisa sobre el frente frío, la temperatura cambia y pueden formarse nubes, lluvia y viento. Cuando una masa de aire caliente en movimiento encuentra una masa de aire frío estacionaria, el aire caliente sube poco a poco para sobrepasar la masa de aire frío formando un frente frío. Como el aire se eleva más despacio, la temperatura no cambia tan deprisa.
A veces el aire frío y el caliente se mueven dando vueltas y forman una masa de aire giratoria que se llama sistema de depresión. Esta rotación crea una zona de baja presión en el centro y dos frentes: uno frío y otro caliente. Como los frentes giran en torno a la zona de baja presión, provocan un tiempo variable y muchas veces tormentoso.

ROTACIÓN EN EL AIRE
En esta imagen de satélite, de un sistema de baja presión, el frente frío adopta la forma de una franja nubosa que se extiende desde el centro hasta el primer plano. El frente cálido está en el centro.

AUTOPSIA DE UNA TORMENTA
El dibujo de abajo muestra un sistema de baja presión en el norte de Europa (ver mapa de localización, arriba). El frente frío provoca perturbaciones tormentosas en el oeste. Más al este, un frente cálido provoca lluvias ligeras y se extiende sobre una amplia zona de Polonia. A medida que los frentes se desplazan hacia el este, pueden intensificarse o debilitarse según la naturaleza del sistema de depresión.

Detrás del frente frío el cielo se despeja y el termómetro desciende.

El aire caliente sube por el frente frío y causa tormentas.

El aire caliente sube poco a poco a lo largo del frente cálido y forma nubes extensas.

Lille ◀ (282 km) ▶ Bonn ◀ (529 km) ▶ Praga ◀ (403 km) ▶

Historia de las palabras

Tras el paso de un frente frío, el cielo se despeja y se cubre de cúmulos que a veces causan fuertes lluvias: es el **cielo de arrastre / barbado**.

¡Increíble!

El 23 y 24 de enero de 1916, en Browning (Montana, Estados Unidos), un frente frío provocó un descenso récord de temperatura en 24 horas, que pasó de 7° C a −49° C, es decir −56° C.

Zapping

• ¿Cuáles son los principales sistemas de vientos? Respuesta en páginas 12-13.
• Los frentes se representan en los mapas meteorológicos por medio de los símbolos de la página de la izquierda. ¿Qué significan esos símbolos? → páginas 56-57.

CAMBIOS EN EL AIRE

La llegada de un frente cálido suele anunciarse por la aparición de una amplia franja de cirros de gran altitud. Generalmente van seguidos de altos cúmulos o de altos estratos y, luego, de estratos bajos y espesos. Estas formaciones nubosas suelen provocar lluvia o nieve si hace mucho frío.

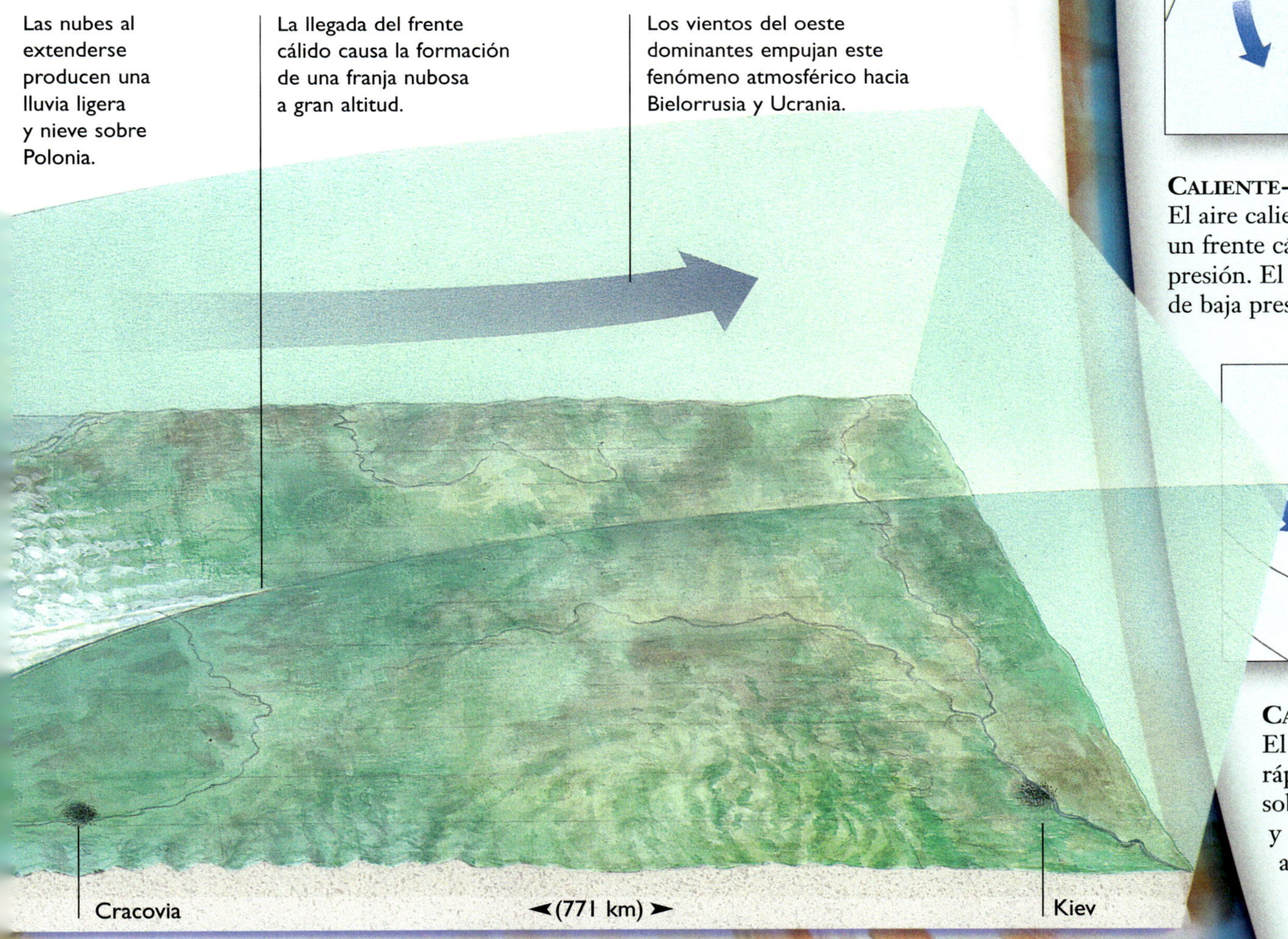

EL ENFRENTAMIENTO

Estos dibujos ilustran la interacción entre una masa de aire cálido y otra de aire frío, lo que da origen a una zona de baja presión.

PRIMER PLANO

Avance hacia el frente polar

En 1917, en Bergen, Noruega, un equipo científico dirigido por Vilhelm Bjerknes estudió los fenómenos que producía el encuentro del aire frío procedente del polo Norte con el aire cálido del sur. Descubrieron que las interacciones daban origen a la mayoría de las perturbaciones atmosféricas que afectan al norte de Europa y que tenían lugar sobre todo a lo largo de las fronteras entre las masas de aire. Bjerknes llamó a estas fronteras «frentes» por analogía con las zonas de combate de la Primera Guerra Mundial. Las investigaciones de la escuela de Bergen son un avance importante en el estudio de los fenómenos meteorológicos.

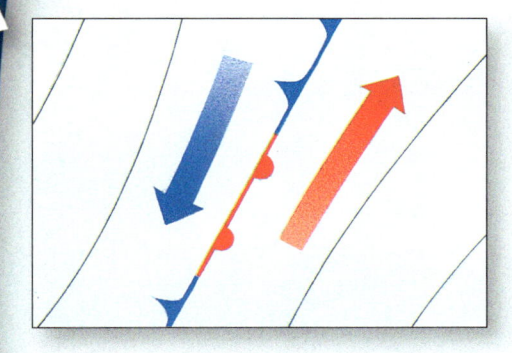

UNA JUNTO A OTRA

Las dos masas de aire se encuentran y comienza a formarse entre ellas un frente estacionario. Luego el aire caliente empieza a subir sobre el aire frío.

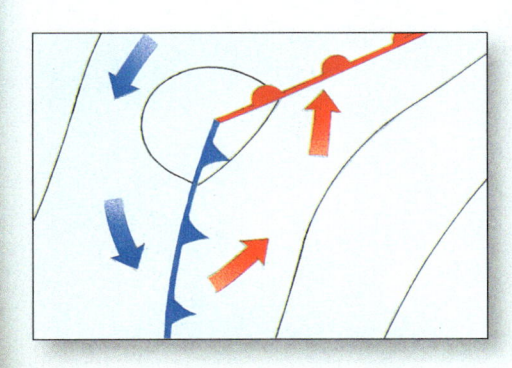

Las nubes al extenderse producen una lluvia ligera y nieve sobre Polonia.

La llegada del frente cálido causa la formación de una franja nubosa a gran altitud.

Los vientos del oeste dominantes empujan este fenómeno atmosférico hacia Bielorrusia y Ucrania.

CALIENTE-FRÍO

El aire caliente sigue subiendo y forma un frente cálido y una zona de baja presión. El aire frío se hunde en la zona de baja presión y forma un frente frío.

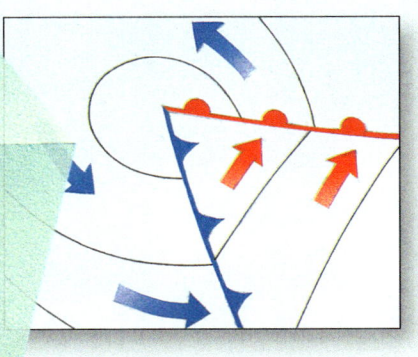

CARRERA-PERSECUCIÓN

El frente frío, que se desplaza más rápido que el caliente, se enrolla sobre éste y acaba por atraparlo y cortar el abastecimiento de aire ascendente. Con ello el fenómeno se difumina.

Cracovia ◄(771 km)► Kiev

Palmera   Frondoso   Conífera

Los climas

SOBRE EL CLIMA INFLUYEN MUCHOS FACTORES: latitud, altitud, vientos dominantes, corrientes marinas, etc. Las tierras situadas cerca de los polos tienen clima frío, mientras que las regiones próximas al ecuador son calurosas. Entre estos dos extremos se encuentran las regiones templadas donde no hace ni mucho calor ni mucho frío. El clima suele ser menos riguroso en las zonas costeras que en las del interior y hace más frío en la montaña que en la meseta.

El clima ejerce un efecto directo sobre la vegetación. Las regiones tropicales, cálidas y húmedas, poseen densos bosques, mientas que las regiones calientes tienen una vegetación seca y escasa, casi inexistente.

Templada de tipo nórdico
Esta zona se sitúa bajo el círculo polar ártico. Los inviernos son largos, fríos y nevosos; y los veranos, suaves y húmedos. Anchorage en Alaska (izquierda) se sitúa en esta zona.

TE TOCA JUGAR
Determinar el clima de una región

Para definir el clima de una región, los científicos trabajan con los datos recogidos en 30 años de observación meteorológica. ¿Por qué 30?

❶ Toma 15 cartas rojas y 15 negras de un juego de naipes y barájalas.
❷ Traza una línea larga en un pliego de papel.
❸ Saca las cartas una a una. Las rojas representan un año más cálido y más seco que la media y las negras un año más frío y más húmedo. A medida que las descubres, sitúa las rojas por encima de la línea y las negras por debajo.

Al final verás que habrá ciertas sucesiones de años más cálidos o más fríos, pero entre las 30 cartas se da un equilibrio de los dos colores. Del mismo modo, los científicos calculan que un período de 30 años basta para determinar el clima medio de una región.

Bosque tropical húmedo

Desierto

ZONAS DE VEGETACIÓN

Entre el ecuador y los polos los climas han dado origen a cuatro zonas de vegetación: regiones tropicales con fuertes precipitaciones, donde crecen frondosas junglas; regiones áridas pobres en vegetación; regiones templadas con bosques de frondosas o coníferas; y regiones polares en las que a veces crece algún arbusto y con vegetación escasa.

Historia de las palabras

- **Trópico** viene del latín *tropicus*, que significa «del solsticio»: el período en que la trayectoria del Sol es la más alta o la más baja. En verano, el Sol está en lo más alto sobre el trópico de Cáncer (hemisferio norte) o del trópico de Capricornio (hemisferio sur).

¡Increíble!

- El punto más caliente del planeta se encuentra en Etiopía, en Dallol, donde se ha registrado una temperatura media de 34 °C a lo largo de seis años.
- El lugar más frío es Oïmiakon, en Siberia (Rusia), donde hace poco se registraron –72 °C.

Zapping

- ¿Cómo influye la circulación atmosférica sobre el clima? Respuesta en páginas 12-13.
- ¿Cómo se han adaptado la vegetación y los animales a los distintos climas? → páginas 44-45.
- ¿Cómo estudian los científicos los cambios climáticos a largo plazo? → páginas 58-59.

LAS ZONAS CLIMÁTICAS

Los científicos dividen la Tierra en zonas climáticas, es decir, regiones en las que hace un tiempo semejante. Existen muchas clasificaciones del clima. El mapa adjunto representa uno de los sistemas más corrientes. Observarás que puede darse el mismo clima en regiones muy alejadas, como el oeste de California, en Estados Unidos, el suroeste de Australia y el sur de Europa, zonas donde el clima es de tipo mediterráneo.

Polar: Las regiones próximas al polo Norte y el polo Sur tienen inviernos muy largos con veranos apenas algo más cálidos.

Templada: En las regiones templadas se suceden cuatro estaciones bien definidas. No hace ni mucho frío ni mucho calor. Los inviernos son suaves y húmedos y los veranos cálidos y secos.

De montaña: El clima es más frío, húmedo y ventoso que en las llanuras cercanas. Hay fuertes nevadas en invierno.

Mediterránea: En las zonas mediterráneas, los veranos son calurosos y secos y los inviernos son suaves y ventosos con fuertes chaparrones.

Árida: Las lluvias son escasas. Los días suelen ser calurosos, las noches muy frías y los inviernos, a veces, rigurosos.

Subárida: Las temperaturas son menos extremas que en las regiones áridas y las precipitaciones un poco más abundantes.

Tropical: En los trópicos hace calor y humedad, llueve gran parte del año y hay una corta estación seca.

Subtropical: Los veranos son cálidos y tan húmedos como en las regiones tropicales. Los inviernos son más secos y más fríos.

Bosque de frondosas

Bosque boreal

Tundra

Casquete polar

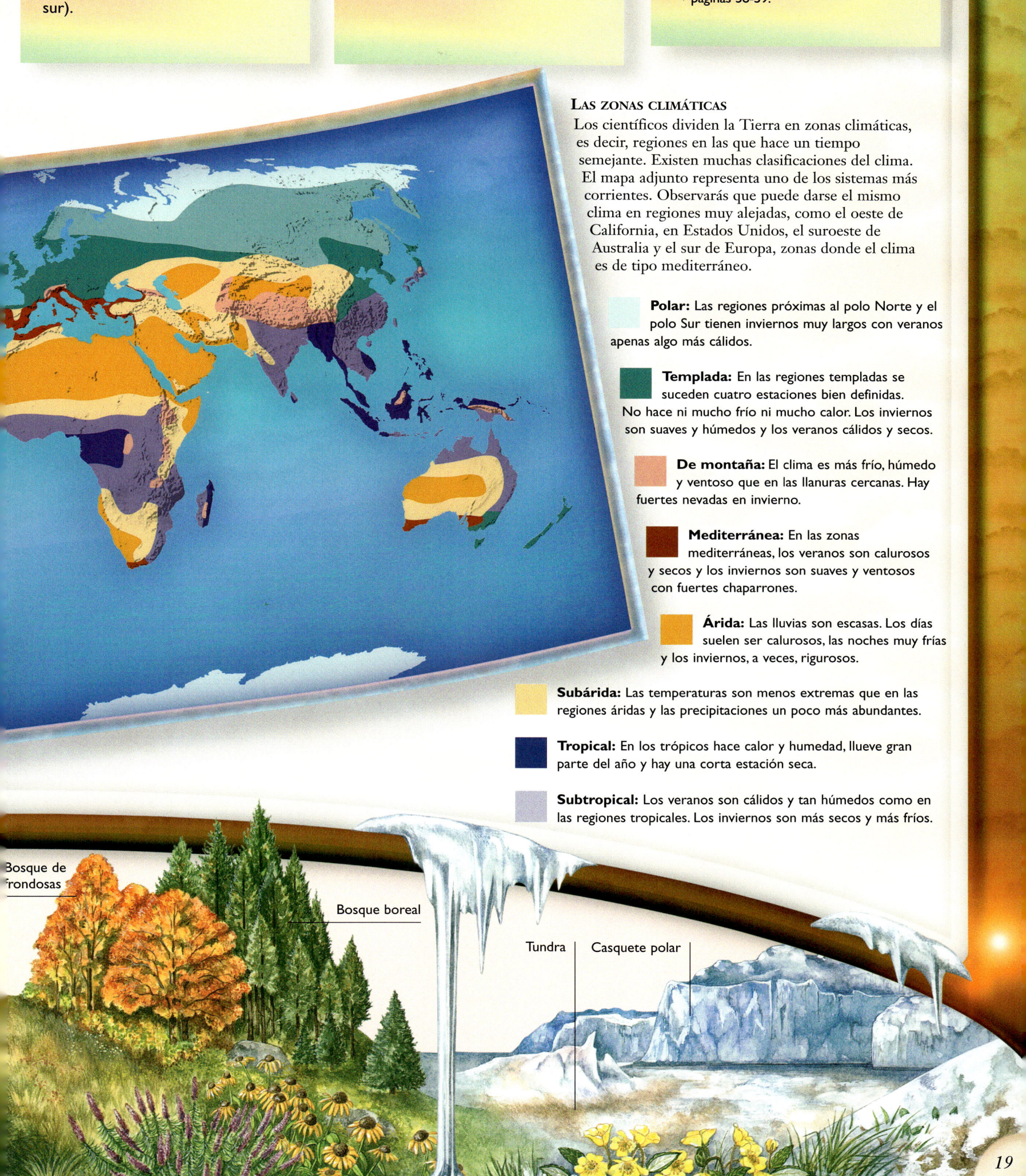

19

Mariposa en la escharcha *Higrómetro*

El agua en sus diversos estados

EL AGUA ES LA CAMPEONA DE LAS METAMORFOSIS. En estado de vapor es omnipresente en el aire; en estado líquido forma los ríos, los lagos y los mares y cae del cielo. Puede también hacerse sólida transformando en hielo los charcos.

Estos cambios de estado se explican por una modificación de la temperatura y del grado de humedad (la cantidad de vapor que el aire enfría). El aire caliente puede acumular más vapor que el frío, por eso cuando el aire cargado de humedad se enfría ya no puede contener la misma cantidad de vapor y el excedente se vuelve líquido (condensación).

El agua se condensa en el aire sobre partículas de polvo o de sal que se convierten en cristales cuando hiela. Si el aire es más caliente, se producen minúsculas gotas que pueden agruparse en nubes o formar la bruma o la niebla cerca del suelo.

LA CIUDAD DE LA NIEBLA
Al despertarse, los habitantes de San Francisco, en Estados Unidos, ven generalmente este espectáculo. La niebla se forma sobre el Pacífico por la noche cuando el aire caliente pasa sobre el agua fría y se condensa. Por la mañana, cuando el sol calienta, las bajas presiones atraen la niebla hacia la bahía sobre las tierras próximas.

CUBIERTA DE VAHO
En un cuarto de baño el aire está cargado de humedad, y al encontrar una superficie fría, como un espejo, el vapor se condensa y forma el vaho.

Historia de las palabras

• **Higrómetro** viene del griego *hygros*, que significa «mojado».
• La **advección** es un movimiento horizontal. Esta palabra viene del latín *advehere*: «transportar hacia».

¡Increíble!

• En *Cape* Dissapointment, en Estados Unidos, hay niebla casi cada tres días.
• Las partículas sobre las que se condensan en el aire las gotitas de agua miden menos que la décima parte del grosor de un cabello.

Zapping

• ¿Cómo se transforma el agua en vapor? Respuesta en páginas 14-15.
• ¿Cómo se forman las nubes?
→ páginas 22-23.
• Una humedad elevada es señal de lluvia. ¿Cómo miden la humedad los meteorólogos?
→ páginas 52-53.

LA FAMILIA DE LAS NIEBLAS

Todas las clases de niebla son resultado de una condensación.

NIEBLA DE ADVECCIÓN
Esta clase de niebla se forma cuando el aire caliente y húmedo pasa sobre una superficie fría. Este fenómeno se produce con frecuencia a la orilla del mar cuando la brisa marina sopla sobre la tierra fría.

NIEBLA DE DIFUSIÓN
Cuando la tierra se enfría deprisa, el aire próximo a ella se hiela. Si este aire contiene mucha humedad, se forma una niebla de difusión. Esta clase de niebla suele empezar de noche.

ESTRATO BAJO
Cuando el sol calienta el aire, la niebla desaparece y las gotitas se transforman en vapor. Si la tierra se calienta deprisa, la niebla comienza a disiparse a ras del suelo y queda justo una capa de niebla por encima de él: el estrato bajo.

TE TOCA JUGAR
Un higrómetro casero

Para medir la proporción de agua en el aire (higrometría), los científicos utilizan el higrómetro. Construye uno:

1. Recorta un triángulo en un cartón. Pega una moneda cerca de la punta y clava una chincheta en la base.
2. Fija la chincheta con el triángulo sobre un trozo de cartón grueso o de poliestireno. El triángulo debe girar fácilmente.
3. Pega tres cabellos por su extremo en medio del triángulo y fija el otro extremo al trozo de cartón, de modo que los cabellos queden verticales.
4. Fija una lengüeta graduada paralela a los cabellos que te servirá para medir la higrometría.

Cuando el aire está húmedo, los cabellos se estiran y el triángulo se desplaza hacia abajo. Cuando el tiempo es seco, los cabellos se encogen y hacen subir el triángulo. Prueba en un cuarto de baño húmedo y seca los cabellos con un secador.

LA ESCARCHA
Cuando el tiempo es despejado y hiela por la noche, el vapor de agua que contiene el aire se transforma en cristales de hielo y forma la escarcha.

Estela de condensación

Tropopausa (zona de transición entre la troposfera y la estratosfera)

Cirrostratus

Las nubes

UN DÍA QUE HAGA FRÍO expulsa despacio aire por la boca: verás una «nube» en miniatura. Cuando el aire caliente cargado de humedad, como el que sale de tu boca, se enfría rápido, la humedad se condensa y forma una masa de gotitas de agua: una nube.

En la atmósfera, las nubes aparecen cuando sube aire que se enfría, lo que provoca un cambio del estado de vapor al de agua.

Por encima de 0 °C el vapor se transforma en líquido por condensación. Por debajo del punto de congelación aparecen cristales de hielo. Hay nubes formadas por gotitas de agua y cristales de hielo.

El hombre puede crear nubes. Cuando, por ejemplo, un avión cruza aire muy frío, la humedad contenida en los gases de escape forma cristales minúsculos de hielo que producen nubes largas denominadas estelas de condensación.

NOMBRES QUE LO DICEN TODO

Desde el suelo hasta lo alto de la estratosfera pueden formarse nubes a cualquier altitud. Los nombres, en función de su altitud y de su forma, unen los prefijos alto y cirro a los nombres latinos *stratus* («plano») y *cumulus* («algodonoso»). Observación: las nubes de baja altitud no llevan prefijo.
Hay otros términos latinos para describir con mayor precisión las nubes: *humilis* («pequeño» o «humilde»), *undulatus* («ondulado»), *fibratus* («fibroso»), etc. Así, una nube plana a gran altitud compuesta por fibras finas es un *cirrostratus fibratus*; una nube de altitud mediana algodonosa y ondulada es un *altocumulus ondulatus*.

CIRROS VERTIGINOSOS
Estos cirros flotan por encima de una capa de estratos. Como en la parte alta de la estratosfera hace un frío glacial, los cirros suelen estar formados por cristales de hielo.

PLATILLO VOLANTE
En ocasiones se forman nubes raras en forma de disco llamadas nubes lenticulares *(altocumulus lenticularis)* cuando el aire pasa sobre las montañas. ¡Muchas veces se las confunde con ovnis!

PRIMER PLANO
Estar en las nubes

Durante el verano de 1783, las erupciones volcánicas que se produjeron en Japón e Islandia llenaron de ceniza la atmósfera. El cielo se tiñó de vistosos colores que hicieron resaltar la belleza de las nubes. Además, aquel verano un meteoro espectacular cruzó el cielo. Un chico inglés de once años, Luke Howard, descubrió una auténtica pasión por los fenómenos meteorológicos. En 1802 creó un sistema de clasificación de las nubes. El francés Jean-Baptiste Lamarck ya había concebido uno semejante, pero el de Howard tenía la ventaja de basarse en el latín, una lengua que por entonces dominaban muchos eruditos y por ello se impuso en todo el mundo.

Estratocúmulos

Estratos

Historia de las palabras

• **Orográfico** viene de los términos griegos *oros*, «montaña», y *grafikos*, «dibujar» o «crear». Las montañas son la causa de la formación de las nubes orográficas.

¡Increíble!

• Los cumulonimbos, que son nubes de tormenta, alcanzan 13.000 m de altitud, casi dos veces más alto que el Everest.
• Un solo cumulonimbo puede contener hasta 100.000 toneladas de agua.

Zapping

• ¿Cómo se transforman en lluvia las gotitas de agua de las nubes? Respuesta en páginas 24-25.
• ¿Qué sucede en el centro de una nube de tormenta? → páginas 30-31.
• ¿Qué nos enseña la observación de las nubes? → páginas 54-55.

Cirrocúmulos

Cumulonimbos

Altoestratos

5.000 m

Altocúmulos

2.000 m

Cúmulos

Nivel del mar

LA FORMACIÓN DE LAS NUBES

Las nubes se forman generalmente al ascender el aire caliente. Este fenómeno tiene tres explicaciones:

Nivel de condensación

CONVECCIÓN
El calor del suelo calienta el aire próximo a la tierra y da origen al ascenso de una masa de aire, que sube mientras sea más cálida que lo que la rodea.

Nivel de condensación

ELEVACIÓN OROGRÁFICA
Cuando el aire encuentra un macizo de montañas se ve obligado a elevarse. Este fenómeno, llamado elevación orográfica, explica que haya con frecuencia nubes y lluvia en las cumbres.

Nivel de condensación

PRESENCIA DE UN FRENTE
Cuando dos masas de aire de distinta temperatura se encuentran en un frente, la masa de aire caliente se eleva, y si está cargada de humedad, se forman nubes.

Las precipitaciones

CUANDO LAS GOTITAS DE AGUA y los cristales de hielo que forman las nubes alcanzan cierto tamaño, caen al suelo en forma de precipitaciones: lluvia, nieve o granizo. Una gota de lluvia tiene un diámetro unas 100 veces mayor que el de una gotita de nube. ¿Cómo puede ser? Dos fenómenos explican la formación de la lluvia y de la nieve. El primero, la coalescencia, se produce cuando el viento agita las gotitas de agua dentro de una nube, y a medida que éstas percuten, se fusionan y aumentan de tamaño. A continuación comienzan a caer arrastrando a otras y engordando más. El segundo fenómeno se produce cuando, a temperaturas próximas al punto de congelación, las gotitas de agua se aglutinan en cristales de hielo. Los cristales se agrandan hasta que el peso los hace caer.

Tamaños respectivos de una gota de lluvia y de una gotita de nube.

En el aire glacial, las gotitas de agua se aglutinan a los cristales de hielo que crecen y acaban por caer.

En el aire más cálido, las gotitas de agua chocan y se fusionan. Es la coalescencia. Las gotas de agua caen cuando alcanzan cierto tamaño.

LAS DISTINTAS PRECIPITACIONES
Un gran cumulonimbo puede originar todos los tipos de precipitación. La naturaleza de estas precipitaciones depende del modo en que se formen y de la temperatura del aire que haya entre la nube y el suelo.

Lluvia

Si la temperatura del aire por debajo de la nube es positiva, las gotitas de agua y los cristales de hielo se mantienen helados y caen en forma de nieve o de agua nieve.

PRIMER PLANO
El hacedor de lluvia

En 1902, el estadounidenses Charles Hatfield afirmó haber descubierto un método para activar las lluvias. En 1915 propuso acabar con la sequía que sufría San Diego por 10.000 dólares. Se puso manos a la obra, y al cabo de unos días comenzó a llover y cayeron durante varias semanas trombas de agua. Las presas se desbordaron, se inundaron las casas y el agua arrastró los puentes. Nada probaba que fuese Hatfield quien había provocado la lluvia, pero las autoridades le hicieron responsable, y aunque reclamó que le pagaran, no recibió nada.

NIEVE Y LLUVIA
Las lluvias y las nevadas tienen distinto nombre según la duración, la intensidad y la forma que adoptan las precipitaciones al llegar a tierra.

LAS LLUVIAS Y SUS NOMBRES
Hay lluvias de distinta intensidad. La más ligera es la llovizna o sirimiri. La lluvia que se evapora antes de llegar al suelo se llama virga. La lluvia con escarcha se convierte en hielo antes de llegar al suelo. Los grandes cumulonimbos (izquierda) causan sobre todo chaparrones locales, mientras que las espesas nubes estratiformes generan lluvia prolongada.

Historia de las palabras

• **Virga** es una palabra latina que significa «estría» o «varilla». Este tipo de lluvia se evapora antes de llegar al suelo y forma estrías en el cielo que se difuminan en el aire.

¡Increíble!

• El monte Waialeale (Hawai) es el punto más lluvioso del planeta (350 días de lluvia al año).
• La pedrisca de granizo más gorda cayó en Bangla Desh en 1968: los cristales pesaban 1 kg y mataron a 92 personas.

Zapping

• ¿Qué relación hay entre las tormentas y la formación de granizo? Respuesta en página 30.
• ¿Cuál puede ser la consecuencia de lluvias muy fuertes? → páginas 38-39.
• ¿Quieres saber más sobre la forma de los cristales de hielo? → páginas 42-43.

El granizo se forma cuando las partículas de hielo son agitadas por corrientes de aire (flechas) dentro de una nube.
A medida que las partículas se desplazan, se cargan de humedad que se hiela formando varias capas de hielo.

Nieve   **Granizo**

UN FUERTE CHAPARRÓN
Seguramente conoces las expresiones para describir una lluvia fuerte: «Llueve a cántaros» o «Caen chuzos de punta». En inglés se dice *It's raining cats and dogs*: «Llueven gatos y perros».

LA NIEVE
Cuando el aire sobre el que cae la nieve es muy frío, se forman copos secos con nieve en polvo. Las temperaturas más próximas a 0 °C producen copos más húmedos y gruesos que cuajan fácilmente: ideales para hacer bolas de nieve.

QUÉ ES EL COPO DE NIEVE
Los copos de nieve están constituidos por cristales de hielo agrupados en una infinita variedad de formas según la temperatura y la humedad del aire.

Rayo verde

La magia de los colores

LAS LUCES DEL CIELO CAMBIAN: azul, gris claro o plomizo, multicolor cuando hay arco iris o amarillo, naranja y rojo cuando oscurece.

La luz del sol parece blanca, pero está compuesta de los siete colores del espectro: rojo, naranja, amarillo, verde, azul, añil o índigo y violeta. Cuando vemos todos los colores a la vez, se mezclan formando el blanco. Pero ciertos elementos de la atmósfera difuminan, reflejan y refractan los colores. A veces no vemos más que uno, una mezcla de varios o unos cuantos bien definidos.

Las gotas de lluvia refractan el espectro: vemos entonces siete franjas de colores. El vapor de agua y el polvo difuminan los colores y a algunos los difuminan mejor que a otros, de modo que el tinte del cielo varía según el ángulo del sol y la cantidad de polvo y de vapor de agua presentes en el aire.

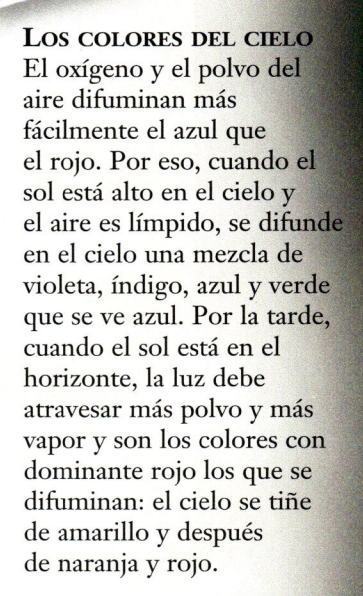

LOS COLORES DEL CIELO
El oxígeno y el polvo del aire difuminan más fácilmente el azul que el rojo. Por eso, cuando el sol está alto en el cielo y el aire es límpido, se difunde en el cielo una mezcla de violeta, índigo, azul y verde que se ve azul. Por la tarde, cuando el sol está en el horizonte, la luz debe atravesar más polvo y más vapor y son los colores con dominante rojo los que se difuminan: el cielo se tiñe de amarillo y después de naranja y rojo.

TE TOCA JUGAR
Crea tu propio arco iris

1. Llena de agua una palangana y mete en el agua un espejo inclinado. Para que se sujete, tal vez tendrás que fijarlo en el fondo con plastilina.
2. Coloca la palangana de modo que los rayos del sol atraviesen el agua y alcancen el espejo. Pon frente al espejo una hoja de papel y desplázala despacio: verás en ella el arco iris.

Igual que las gotas de agua refractan y reflejan la luz del sol, formando el arco iris en el cielo, el agua y el espejo provocan la refracción y la reflexión de la luz.

LUZ ELÉCTRICA
A veces se producen en el cielo, por encima de los polos, fenómenos espectaculares luminosos de colores llamados auroras. Esto sucede cuando las partículas cargadas de electricidad por el sol se mezclan a moléculas de oxígeno y de ozono de la atmósfera. El color de la aurora depende de la naturaleza de estas moléculas.

Todos los colores se difuminan de la misma manera.

UNA MEZCLA QUE DA BLANCO
Las gotitas de agua de las nubes difuminan del mismo modo todos los colores de la luz solar blanca; y eso explica que las nubes sean blancas. Si las vemos grises es porque están a la sombra de otra nube o tapan la luz del sol.

📖 Historia de las palabras

• **Aurora** viene del nombre de la diosa romana Alba.
• **Espectro** (conjunto de los colores que percibe el ojo) proviene de la palabra latina *spectrum*, «aparición».
• **Halo** viene del griego *halos*, «disco de Sol o de Luna».

✨ ¡Increíble!

• En general, los arco iris duran poco tiempo. El 14 de marzo de 1994, en Inglaterra, hubo un arco iris visible durante seis horas, de 9:00 a 15:00, que batió todos los récords.

➡ Zapping

• ¿Sabes designar las nubes por su nombre científico? Respuesta en página 22.
• ¿Cómo se transforman en lluvia las gotitas de agua y los cristales de hielo que contienen las nubes? → páginas 24-25.

JUEGOS DE LUZ

Las gotitas de agua y los cristales de hielo refractan la luz blanca que se descompone en los distintos colores del espectro y crea diversos fenómenos sorprendentes y fascinantes.

NUBE IRISADA
A veces las gotitas de agua contenidas en una nube de forma irregular dan origen a una mancha de color. Es la iridiscencia.

HALO
Cuando los rayos del sol atraviesan una capa fina de nubes muy altas formadas por cristales de hielo, aparece a veces un halo alrededor del sol.

ARCO IRIS
Las gotas de lluvia no sólo refractan la luz del sol, sino que la reflejan. Cada color es desplazado con un ángulo ligeramente distinto y forma bandas regulares en el cielo.

27

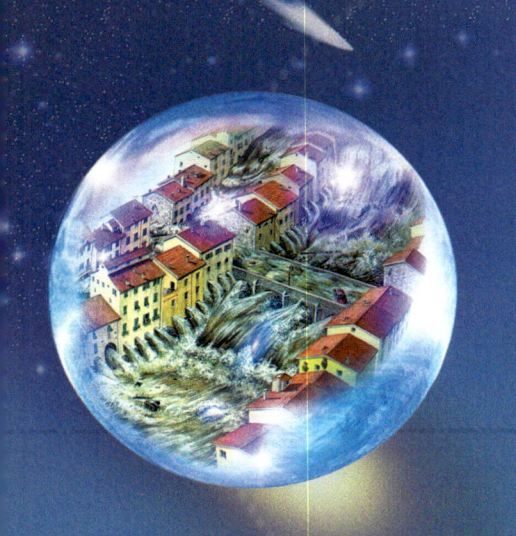

El tiempo se enfada

pág. **30** — ¿Por qué la forma de esta nube indica que viene una tormenta?

Cap. sobre LAS TORMENTAS

pág. **32** — ¿Sabías que puedes fabricar un relámpago en miniatura en la cocina?

Cap. sobre LOS RELÁMPAGOS

pág. **34** — ¿Cómo se forma el torbellino de los tornados?

Cap. sobre LOS TORNADOS

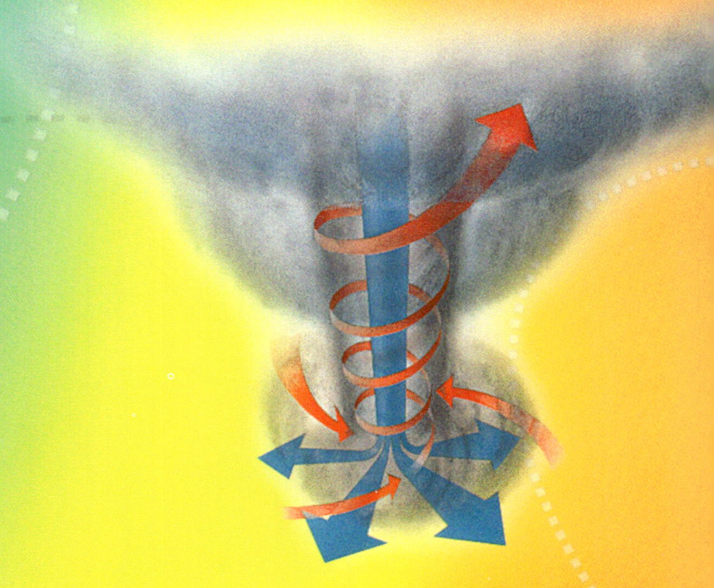

PERIÓDICAMENTE los elementos se desencadenan: las nubes se oscurecen, el viento sopla furioso y los relámpagos surcan el cielo. En verano, los ciclones amenazan las regiones cercanas a los trópicos, mientras que en invierno, en las regiones frías, las tempestades de nieve paralizan todo. Incluso las regiones templadas pueden ser devastadas por vientos violentos e inundaciones. Dado que estas perturbaciones son una amenaza grave para personas y bienes, los científicos tratan de preverlas con exactitud para minimizar los riesgos.

pág. **36** ¿A qué se llama ojo del ciclón?

Cap. sobre
LOS CICLONES

pág. **38** ¿Cómo logra el hombre contener los ríos y los mares para evitar inundaciones?

Cap. sobre
LAS INUNDACIONES

pág. **40** ¿Qué es exactamente El Niño? ¿Cómo puede provocar sequías en Australia?

Cap. sobre LA SEQUÍA

pág. **42** ¿Sabías que no hay dos copos de nieve idénticos?

Cap. sobre
LAS TEMPESTADES DE NIEVE

pág. **44** ¿Cómo se han adaptado los picas al clima de su entorno?

Cap. sobre HABITANTES
DE CLIMAS EXTREMOS

Píleo sobre un cúmulo. *Cumulonimbo con yunque.* *Pompas bajo el yunque.*

Las tormentas

¿QUÉ SUCEDE ANTES DE DESENCADENARSE UNA TORMENTA? Las corrientes de aire ascendentes cálidas y húmedas empujan el vapor hacia arriba, y a medida que el aire se enfría, se convierte en nube. El aire continúa subiendo mientras es más cálido que su entorno y la nube crece. Si el aire sube deprisa, se forma sobre la nube principal otra más pequeña en forma de capucha (píleo). Este signo es inequívoco: se prepara una tormenta.

Un cumulonimbo (nube de tormenta) puede crecer durante su ascenso hacia la tropopausa. Allí se enfría, se extiende y se forma una cumbre plana (yunque). Si las corrientes ascendentes son potentes, parte de la nube atraviesa la protopausa y crea una protuberancia. Entonces, el aire de la parte superior del cumulonimbo comienza a descender. La interacción de corrientes ascendentes y descendentes produce un agrandamiento de las gotitas de agua y de los cristales de hielo, que se transforman en lluvia o granizo. Explica también la aparición de cargas eléctricas de signo opuesto que dan origen a los relámpagos.

PRIMER PLANO
Salto en medio de la tormenta

El 27 de julio de 1959, William H. Rankin, piloto del cuerpo de Marines de Estados Unidos, accionó el asiento eyectable de su avión averiado, y al abrirse el paracaídas, se encontró en plena tormenta y fue arrastrado hacia la costa por las fuertes corrientes aéreas. La temperatura era bajo cero y el granizo y la lluvia le azotaban de tal modo que pensó que iba a morir ahogado en el cielo. Los truenos eran tan fuertes y los relámpagos tan intensos que temió quedarse sordo y ciego.

Tras 40 minutos de un tobogán infernal, Rankin comenzó a descender. Fue uno de los pocos pilotos que han salvado la vida en un salto en paracaídas en medio de una fuerte tormenta.

POMPAS NUBOSAS
En la base de las nubes de tormenta se forman extrañas protuberancias llamadas mammatus. Este fenómeno se produce cuando las fuertes corrientes descendentes empujan masas de aire cálido y húmedo hacia una zona de aire más frío. La humedad se condensa y aparecen esas nubes parecidas a pompas. Como los mammatus señalan la existencia de corrientes aéreas potentes, los aviones evitan atravesarlas.

Historia de las palabras

• Un **píleo** es una nube pequeña en forma de capucha que se forma sobre una nube principal y anuncia tormenta. La palabra viene del latín *pileus,* que designa el gorro de fieltro que usaban los romanos.

¡Increíble!

• En este mismo instante se están produciendo 2.000 tormentas en todo el mundo.
• La ciudad de Torero en Uganda acumula el mayor número de tormentas al año: una media de 250.

Zapping

• ¿Cómo se convierten las gotitas de agua y los cristales de hielo en lluvia, nieve y granizo? Respuesta en páginas 24-25.
• ¿Cómo se forman los relámpagos?
→ páginas 32-33.
• ¿Cómo dan las tormentas origen a vientos muy violentos?
→ páginas 34-35.

LAS TORMENTAS MULTICELULARES
Según si están compuestas de una sola nube o de una masa de éstas, las tormentas se clasifican en unicelulares o multicelulares. En esta imagen espectacular, tomada por la nave espacial *Discovery,* aparece un sistema multicelular sobre el Pacífico cerca de Hawai.

AL PIE DEL MURO
Este gigantesco cumulonimbo se aproxima a la ciudad de Darwin del norte de Australia. El borde grueso que sobresale por abajo se llama muro y suele indicar una tormenta muy violenta que puede acarrear lluvias torrenciales, fuertes vientos o granizo.

LA VIDA DE UNA TORMENTA

Las tormentas suelen tener tres fases. La duración del ciclo varía entre 15 minutos o varias horas.

NACIMIENTO
Las corrientes de aire ascendentes arrastran vapor de agua hacia el aire más frío. La humedad se condensa y se forma un cúmulo.

APOGEO
El cumulonimbo se eleva hasta la tropopausa y se extiende formando un yunque. El aire comienza a descender.

DISIPACIÓN
Poco a poco, las corrientes descendentes superan a las ascendentes. Se interrumpe la alimentación de aire caliente ascendente a la tormenta y la nube se desintegra.

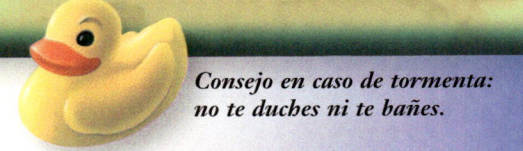

Consejo en caso de tormenta: estarás a salvo del rayo dentro del coche.

Consejo en caso de tormenta: no te duches ni te bañes.

Los relámpagos

¿QUÉ ES LO QUE SE DESPLAZA a 100.000 km/h, alcanza una temperatura de 30.000 °C y no dura más que una milésima de segundo? El relámpago.

Es debido a una acumulación de cargas eléctricas de signo contrario dentro de una nube de tormenta. Las corrientes ascendentes empujan las cargas positivas hacia arriba y las negativas hacia abajo. Estas cargas se atraen, y cuando la atracción es muy potente, la electricidad salta de una zona a otra y la vemos en forma de una línea blanca quebrada: el relámpago.

El calor que desprende la descarga produce una expansión y una contracción del aire causando un fragor o un trallazo violento: el trueno. Como la velocidad del sonido es menor que la de la luz, se oye el trueno unos segundos después de ver el relámpago. Las cargas de signo negativo de la parte inferior de la nube también pueden ser atraídas por cargas positivas del suelo, en cuyo caso el rayo cae a tierra.

LUZ Y SONIDO
Aunque el relámpago da la impresión de ser una línea, la electricidad efectúa en realidad un movimiento de ida y vuelta entre las dos zonas de las cargas, cuatro veces por término medio. Este fenómeno produce una luz oscilante. Para calcular la distancia que te separa del lugar del impacto del rayo, cuenta los segundos que median entre relámpago y trueno y divídelos por tres: así sabrás los kilómetros.

BOLA DE FUEGO
A veces el relámpago adopta forma de bola de fuego, que se desplaza y desaparece o explota. Este raro fenómeno se llama «relámpago en forma de bola».

RELÁMPAGO ENTRE NUBE Y NUBE
El relámpago puede producirse dentro de una nube o entre dos cargas de signo contrario de nubes cercanas.

RÁPIDO COMO EL RAYO
La mayor parte de los relámpagos se producen dentro de las nubes, pero a veces se disparan en otras direcciones. Observa en las imágenes los tres tipos de relámpago más corrientes.

Historia de las palabras

• Durante una tormenta, cuando se acumulan las cargas eléctricas, a veces aparecen chispas encima de objetos elevados situados bajo la nube. Los navegantes que observaron este fenómeno en el mástil del barco lo llamaron fuego de San Telmo, nombre de su santo patrón.

¡Increíble!

• El rayo hace impacto en la superficie de la tierra unas 100 veces por segundo.
• Se dice que los rayos no caen dos veces en el mismo sitio, pero es falso. Los rayos alcanzan el edificio Empire State de Nueva York unas 500 veces al año.

Zapping

• ¿Cuáles son los distintos tipos de nubes? Respuesta en páginas 22-23.
• El origen de las tormentas son las potentes corrientes de aire ascendentes y descendentes. ¿Por qué? → páginas 30-31.
• El rayo causa más víctimas que los tornados. ¿Qué hacen los meteorólogos en previsión de una fuerte tormenta? → páginas 56-57.

TE TOCA JUGAR
Un relámpago en la cocina

Toma una hoja de plástico, un cuenco metálico, un guante de plástico y un tenedor. Sitúate en un sitio oscuro.

❶ Fija la hoja a una mesa con cinta adhesiva.
❷ Con el guante puesto, toma el recipiente y frótalo contra la hoja de plástico.
❸ Toma el tenedor con la otra mano y acércalo al cuenco: verás una chispa.

Al frotar el recipiente, creas electricidad estática y ésta, cerca de un objeto de signo opuesto (el tenedor), se descarga y forma un relámpago.

Relámpago nube-suelo
Si en el suelo hay una carga de signo positivo, el relámpago se dispara hacia abajo desde la base de la nube.

Relámpago nube-aire
La electricidad se desplaza desde la nube hacia una masa de aire de carga opuesta.

Vórtice estrecho *Vórtice ancho* *Doble vórtice*

Los tornados

TODO EMPIEZA CON UNA GIGANTESCA nube de tormenta. Desde su base densa y negra, una especie de embudo se dirige hacia el suelo, y al tocar tierra, una nube de polvo y residuos forma un torbellino que lanza los objetos por los aires. La columna aumenta poco a poco y se oye un ruido ensordecedor: llega el tornado. Este torbellino de aire puede alcanzar 1 km de diámetro, desplazarse a 100 km/h y generar vientos de 500 km/h.

Los tornados son frecuentes en Estados Unidos, donde se producen más de 1.000 al año. Una región particularmente afectada es el «pasillo de los tornados», franja estrecha de tierra que va desde Texas, cruzando Oklahoma, Kansas y Missouri, hasta Nebraska.

Estas perturbaciones son menos frecuentes en el resto del mundo. De todos modos, si crees que se avecina un tornado, ponte inmediatamente a resguardo en un sótano o en una habitación cerrada debajo de la cama.

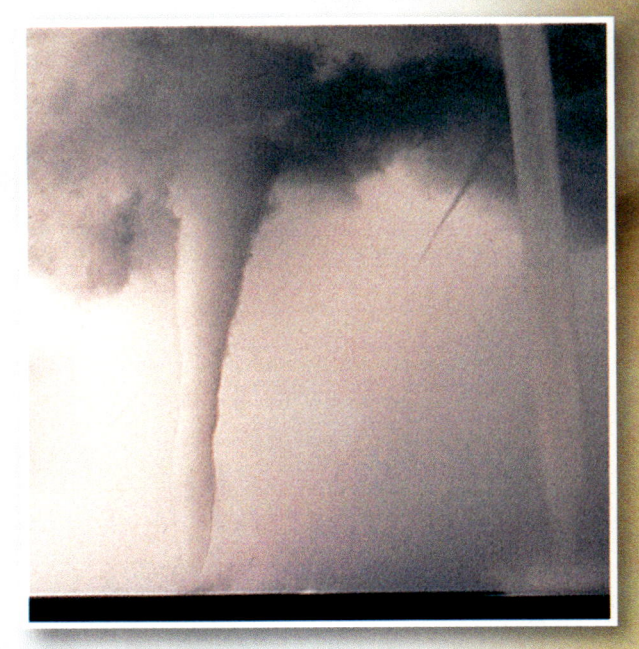

TROMBA DE AGUA
Cuando un tornado pasa por encima de una superficie de agua crea una tromba. En este caso, el aire ascendente aspira humedad en vez de polvo y ésta se condensa formando una columna de agua. Las trombas suelen ser menos violentas que los tornados, pero pueden hacer naufragar un barco.

BALLET AÉREO
Se producen torbellinos de aire cuando los vientos de arrastre provocan la rotación de una corriente de aire ascendente. El aire se carga de polvo y se hace más visible.

PRIMER PLANO
Se abre la caza

Ante la aparición de una gran nube de tormenta, la mayoría de quienes viven en el «pasillo de los tornados» en Estados Unidos ponen pies en polvorosa para guarecerse. Pero Warren Faidley coge su cámara, monta en su camión y va directo al peligro. Este fotógrafo, llamado el «cazador de tormentas», recorre en primavera el centro de su país a la caza de tornados.
En mayo de 1997, en Texas, consiguió filmar siete tornados en un solo día. En 1997 hizo la primera película dedicada a este fenómeno. Lleva reunidos miles de clichés de tornados publicados en distintos países. Mientras tomaba sus fotos, Warren ha estado a punto de ser alcanzado por un rayo y de ser espulsado fuera del coche. Pero eso no impide que él siga buscando la foto perfecta.

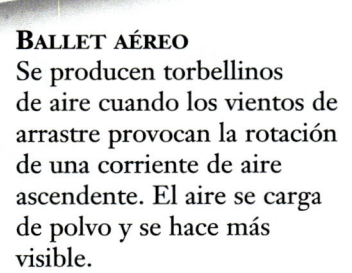

Historia de las palabras

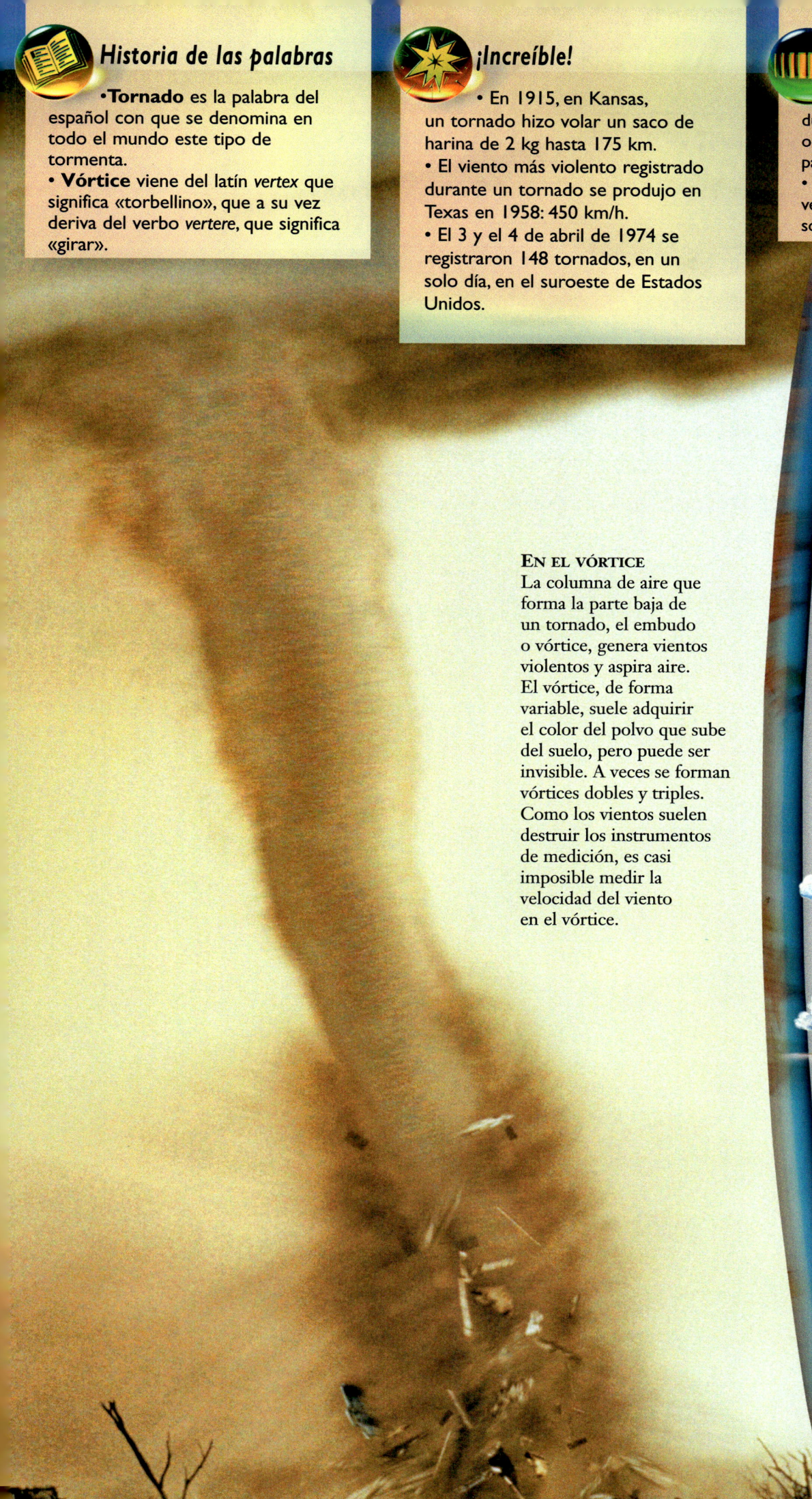

- **Tornado** es la palabra del español con que se denomina en todo el mundo este tipo de tormenta.
- **Vórtice** viene del latín *vertex* que significa «torbellino», que a su vez deriva del verbo *vertere*, que significa «girar».

¡Increíble!

- En 1915, en Kansas, un tornado hizo volar un saco de harina de 2 kg hasta 175 km.
- El viento más violento registrado durante un tornado se produjo en Texas en 1958: 450 km/h.
- El 3 y el 4 de abril de 1974 se registraron 148 tornados, en un solo día, en el suroeste de Estados Unidos.

Zapping

- Los tornados se originan durante las tormentas. ¿Cuál es el origen de las tormentas? Respuesta en páginas 30-31.
- Los tornados van acompañados muchas veces de relámpagos. ¿Quieres saber más sobre este fenómeno? → páginas 32-33.

EN EL VÓRTICE

La columna de aire que forma la parte baja de un tornado, el embudo o vórtice, genera vientos violentos y aspira aire. El vórtice, de forma variable, suele adquirir el color del polvo que sube del suelo, pero puede ser invisible. A veces se forman vórtices dobles y triples. Como los vientos suelen destruir los instrumentos de medición, es casi imposible medir la velocidad del viento en el vórtice.

EL ORIGEN DE UN TORNADO

Asociados siempre a tormentas violentas, los tornados suelen originarse del siguiente modo:

INICIO DEL TORBELLINO

Cuando se forma una gran nube de tormenta, la fuerza Coriolis puede hacerla girar, en el sentido de las agujas del reloj en el hemisferio sur y en sentido inverso en el hemisferio norte.

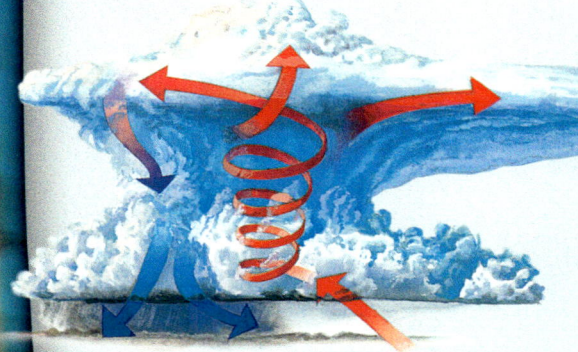

BAJA DE PRESIÓN

La rotación provoca una baja de presión en el centro de la tormenta que atrae aire caliente y acelera la rotación de la nube, creándose en el centro de ésta una columna de aire en espiral.

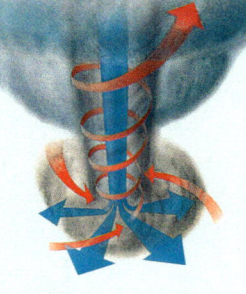

EFECTO SACACORCHOS

Igual que un sacacorchos que se hunde en el tapón, la columna desciende progresivamente en la nube perforándola en dirección al suelo.

Evolución de un ciclón tropical. Primer día: se forma un revoltijo de nubes de tormenta.

Segundo día: las nubes comienzan a girar.

Tercer día: se hace más precisa la forma en espiral.

Los ciclones

EL CICLÓN ES UN SISTEMA tormentoso en forma de espiral que se origina sobre el mar. Puede alcanzar 800 km de diámetro y va acompañado de lluvias torrenciales, de fuertes vientos y de una gigantesca marea. Esta perturbación se origina sobre los mares tropicales. En el suroeste asiático se llama tifón y huracán en el océano Índico y en las Antillas. Todo empieza por un revoltijo de nubes tormentosas que comienza a girar si deriva más allá de 5° norte o sur. Cuanto más se aleja del ecuador, más se acelera la rotación. El centro del ciclón, llamado ojo, es una zona en calma de muy baja presión donde no suele haber nubes ni vientos fuertes. Un ciclón que llegue a tierra puede provocar inundaciones con efectos devastadores. Pero al salir del mar, privado de su fuente de calor y humedad, se debilita y se desintegra.

PRIMER PLANO
En el ojo del ciclón

¡Ponte el cinturón de seguridad! Bienvenido a bordo del vuelo del 53 escuadrón de reconocimiento meteorológico rumbo al ojo de un huracán que azota el estado de Mississippi. Dos horas después de despegar llegas a la perturbación. Las nubes negras zarandean el avión, y la lluvia y el granizo azotan las ventanillas. Sólo los relámpagos iluminan la oscuridad. Al cruzar el muro del ojo, el avión desciende de pronto y luego, de repente, se hace el silencio. Aparece el Sol en el cielo azul: estás en el ojo del ciclón.

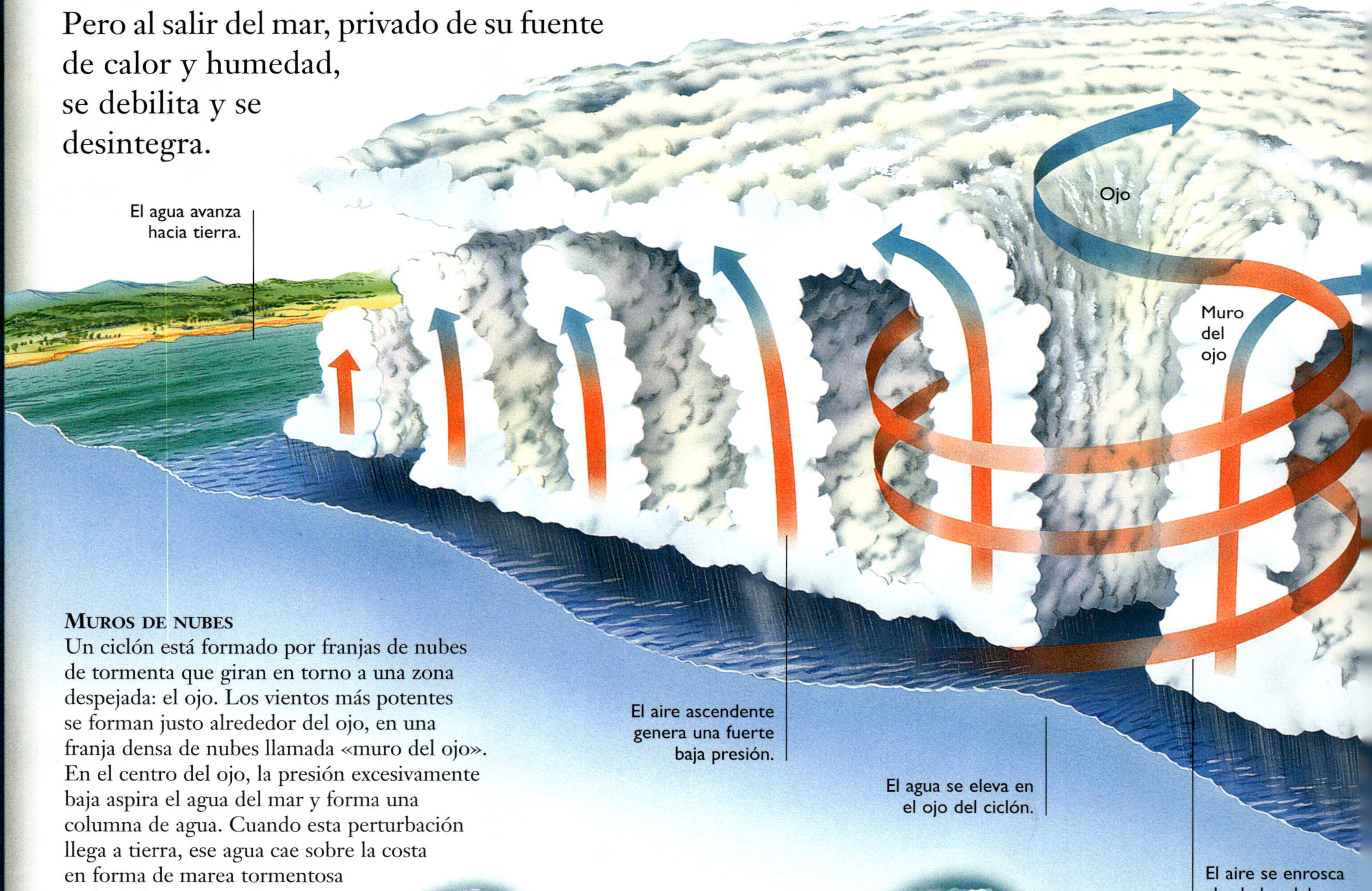

El agua avanza hacia tierra.

MUROS DE NUBES
Un ciclón está formado por franjas de nubes de tormenta que giran en torno a una zona despejada: el ojo. Los vientos más potentes se forman justo alrededor del ojo, en una franja densa de nubes llamada «muro del ojo». En el centro del ojo, la presión excesivamente baja aspira el agua del mar y forma una columna de agua. Cuando esta perturbación llega a tierra, ese agua cae sobre la costa en forma de marea tormentosa u ola de la tempestad.

El aire ascendente genera una fuerte baja presión.

El agua se eleva en el ojo del ciclón.

Ojo

Muro del ojo

El aire se enrosca alrededor del ojo.

Sexto día: el ciclón ya maduro presenta un ojo muy visible.

Duodécimo día: el ciclón se desintegra al llegar a tierra.

Historia de las palabras

En el siglo XIII un tifón destruyó una flota mongola que iba a atacar a Japón. Convencidos de que el tifón era obra de los dioses, los japoneses lo llamaron **kami-kaze** o «viento divino».

¡Increíble!

Un ciclón no puede atravesar el ecuador por ser nula allí la fuerza Coriolis. Por tanto, al aproximarse al ecuador, cesa el movimiento de rotación y el ciclón se desintegra.

Zapping

• ¿Cómo se forma la lluvia en las nubes? Respuesta en páginas 24-25.
• ¿Quieres ver una imagen infrarroja del ojo de un ciclón? → páginas 52-53.
• ¿Cómo hacen los pronósticos los meteorólogos? → páginas 54-55.

Todo patas arriba
Los fuertes vientos que generan los ciclones pueden destruir casas, arrancar árboles y volcar cosas tan pesadas como coches y barcos.

Esperando a Elena
Cuando el ciclón Elena alcanzó en 1985 el golfo de México, las autoridades estadounidenses evacuaron a un millón de personas en Florida y Luisiana: la mayor evacuación realizada en un país en tiempos de paz.

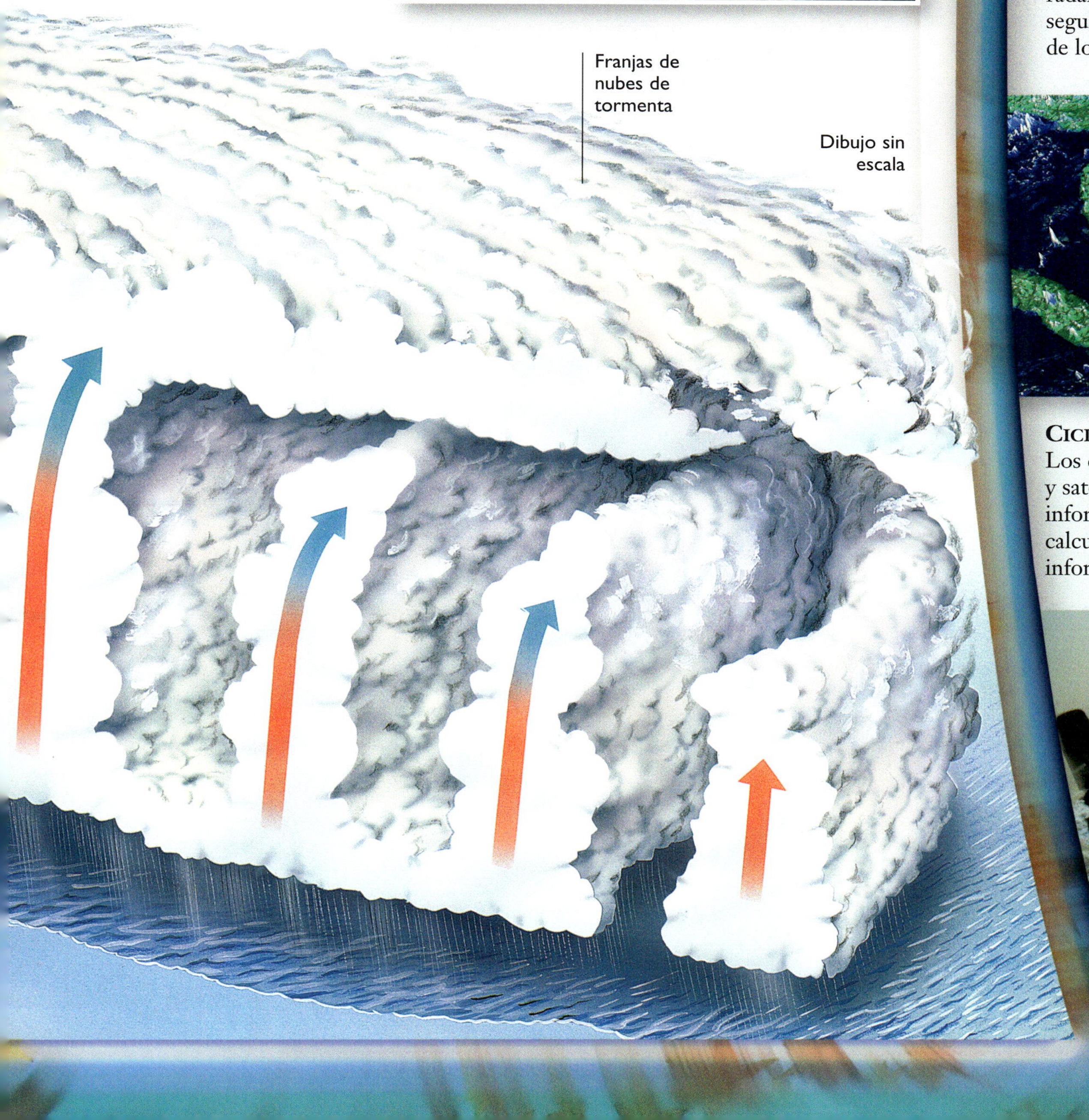

Franjas de nubes de tormenta

Dibujo sin escala

Alerta de ciclón
Una vez detectado, el ciclón recibe un nombre (masculino o femenino) y, luego, los servicios meteorológicos locales hacen una vigilancia constante.

Seguir el rastro
Cuando el ciclón llega al alcance de los rádares costeros, comienza el seguimiento por parte de los equipos de los servicios meteorológicos.

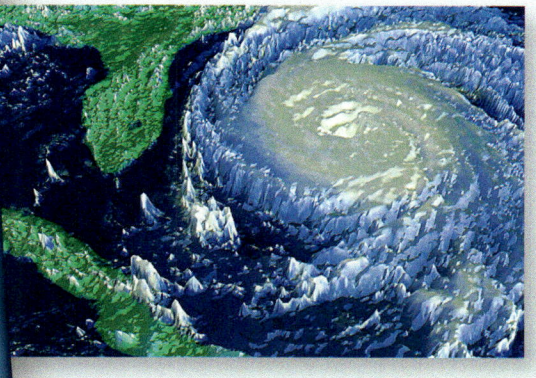

Ciclón modelo
Los datos que facilitan los radares y satélites sirven para crear modelos informáticos con los que los científicos calculan la violencia del ciclón para informar a la población.

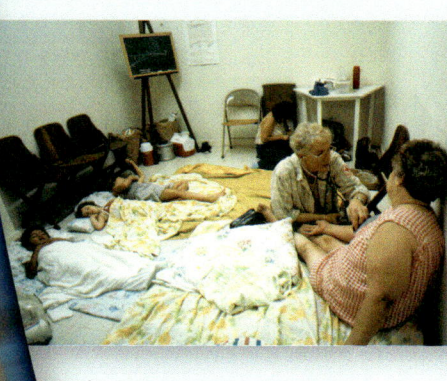

A resguardo
Cuando un ciclón amenaza con llegar a tierra, las autoridades pueden pedir a la población que abandone esa zona y se ponga a resguardo en refugios.

Escala para medir las crecidas de los ríos.

Sacos terreros para contener el agua.

Las inundaciones

HAY TRES TIPOS DE INUNDACIONES: las costeras, los desbordamientos de ríos y las riadas. Las primeras se producen cuando la violencia del viento origina enormes olas que caen sobre la costa e inundan el interior. Algunas son debidas a ciclones y provocan gigantescas mareas.

Las segundas suceden al crecer y desbordarse los ríos, generalmente cuando diluvia. La subida lenta de las aguas suele dar tiempo a evacuar a la gente.

Las riadas son muy rápidas y tienden a ser catastróficas. Empiezan con lluvias torrenciales, o por la rotura de una presa al llenar el agua un cauce en pendiente como un cañón, lo que concentra y acelera el caudal, que lo arrastra todo a su paso. En las regiones expuestas a inundaciones se construyen muros, diques, presas y taludes, pero a veces estas protecciones ceden de pronto y no sirven de nada.

SURTIDORES
En octubre de 2000, en el norte de Italia, las lluvias torrenciales formaron auténticos torrentes que entraron en las casas. La fuerte presión del agua hizo ceder los diques de contención.

BLUES DEL MISSISSIPPI
En 1993, las lluvias torrenciales de verano causaron la crecida del Mississippi en el centro de Estados Unidos y se inundaron más de 31.200 km² de tierras agrícolas. Murieron 52 personas. Durante la crecida, los servicios de socorro utilizaron imágenes por satélite como ésta para seguir el avance de las aguas.

PREVENIR LAS INUNDACIONES
El hombre trata de limitar los riesgos de inundación con canalizaciones y diques en los ríos y en el mar.

DIQUES
Los terraplenes de tierra llamados diques permiten contener los ríos que se desbordan o cambian periódicamente de curso. Existen obras de este tipo en el Ródano en Camarga. Pero los diques a veces ceden dejando pasar el agua, por efecto de la erosión, seísmos o lluvias excesivamente fuertes.

Historia de las palabras

- La palabra **inundación** viene del latín *unda*, que significa «onda».
- **Diluvio** proviene del verbo latino *diluere*, («mojar»). Diluir y diluviano tienen el mismo origen.

¡Increíble!

- La crecida más catastrófica de la historia fue la del río Amarillo en China, en octubre de 1887, que inundó 300 pueblos.
- En los desiertos estadounidenses, las inundaciones causan más muertos que la deshidratación.

Zapping

- ¿Cuál es el origen del monzón? Respuesta en página 13.
- Cuando un ciclón llega a la costa provoca inmensas mareas llamadas olas o mareas de temporal. ¿Por qué?
→ páginas 36-37.

Lo que el agua se llevó

En Estados Unidos, la rotura de la presa de South Fork (Pensilvania) en mayo de 1889 causó más de 2.200 víctimas. En Francia, en el invierno de 2000-2001, la pluviosidad excepcional provocó grandes inundaciones en la zona del Somme y hubo que evacuar a miles de personas.

TE TOCA JUGAR
Construye tu pluviómetro

El pluviómetro sirve para medir las precipitaciones.

1. Pide a una persona mayor que corte el tercio superior de una botella de plástico y mete el embudo resultante en la botella.
2. Toma un recipiente largo de vidrio y ponle una tira de papel en los dos lados.
3. Echa 1 cm de agua en la botella y vierte el agua en el recipiente estrecho. Marca el nivel del agua en la tira de papel y haz una graduación trazando rayas a igual intervalo en la tira.
4. Lastra la botella con un peso y ponla fuera de casa.
5. Todos los días, a la misma hora, echa el contenido de la botella en el recipiente y obtendrás la medida de la lluvia que ha caído.

Diques contra el temporal

En ciertas regiones costeras bajas, expuestas a inundaciones, se han construido diques protectores contra las mareas y las fuertes olas.

Presas de reserva

Una presa de reserva es una obra de hormigón que retiene el agua de un río. Las presas sirven para controlar el caudal de los ríos expuestos a crecidas, pero también para producir electricidad canalizando el agua a través de turbinas. Este tipo de obras ha de ser muy sólido para poder contener la enorme cantidad de agua que se acumula.

Caravana de dromedarios

La sequía

PARA QUIENES VIVEN EN REGIONES ÁRIDAS, donde no cae una gota de agua durante meses, los períodos secos no son nada extraordinarios. En las zonas más templadas, esta misma situación causa una catástrofe: la sequía.

Generalmente, ésta va unida a una anomalía climática. Un cambio de la dirección del viento, por ejemplo, hace que, en una región, al aire húmedo lo reemplace el aire seco, o bien una presión anormalmente alta impida la formación de nubes de lluvia.

Pero los científicos creen que la sequía puede también tener origen en cambios de temperatura de la superficie del mar, que reducen la alimentación de la humedad atmosférica.

LA TIERRA POR LOS AIRES
Cuando hay sequía, el suelo se seca y se abre, y si un viento fuerte levanta la capa superior, se crea una nube gigantesca de polvo que se desplaza. Estas tempestades de polvo reducen enormemente la visibilidad, las partículas de tierra recorren miles de kilómetros recubriéndolo todo con una fina película y a veces se elevan 3.000 m en la atmósfera.

PRIMER PLANO

Días difíciles

Los miles de hombres y mujeres que emigraron a las grandes praderas de Estados Unidos a principios del siglo XIX encontraron tierras ricas y fértiles y un clima suave y húmedo. Labraron muchas hectáreas, las sembraron y vivían bien, pero todo cambió en 1931 al dejar de llover y secarse y cuartearse la tierra. Los granjeros se dijeron que aquello no podía durar, pero pasaron años y… no llovía. La sequía se extendió a Colorado, Kansas, Oklahoma, Texas y Nuevo México. Cuando en 1937 el escritor John Steinbeck viajó a esta región, pudo ser testigo de la peor sequía de Estados Unidos. En su famosa novela *Las uvas de la ira*, Steinbeck recrea las escenas trágicas de numerosos campesinos obligados a abandonar sus granjas y dirigirse al oeste en busca de otra vida.

Historia de las palabras

El Niño puede significar tanto «el niño» como «el Niño Jesús». Se ha bautizado con este nombre a la corriente marina cálida que alcanza el hemisferio sur, porque se produce por Navidad.

¡Increíble!

• El desierto de Atacama al norte de Chile es el lugar más árido del mundo. Durante un siglo sólo se producen unas cuantas tormentas locales.
• En 1907, una sequía causó la muerte de 24 millones de personas en China.

Zapping

• Los frentes fríos suelen causar las tempestades de polvo. ¿Qué es un frente? Respuesta en páginas 16-17.
• ¿Cómo se adaptan las plantas y los animales a la sequía?
→ páginas 44-45.

SEQUÍA DEVASTADORA
Graves sequías han provocado hambrunas en la región africana del Sahel entre 1910 y 1914, 1940 y 1944 y 1970 y 1985. Entre 1972 y 1975, y luego entre 1984 y 1985, han muerto más de 600.000 personas.

LOS EFECTOS DE EL NIÑO

La corriente marina llamada El Niño puede ocasionar sequías en el hemisferio Sur.

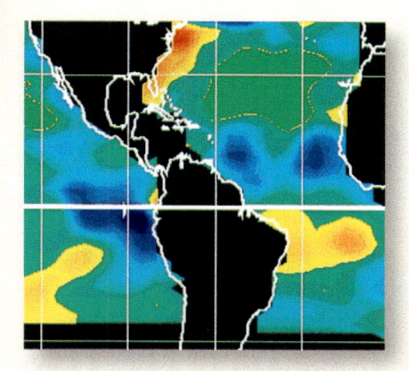

PRECIPITACIONES Y VIENTOS NORMALES
Este mapa representa las temperaturas normales del Pacífico: el agua cálida aparece en rojo y la fría en azul. La mayor parte del hemisferio sur recibe precipitaciones próximas a la media.

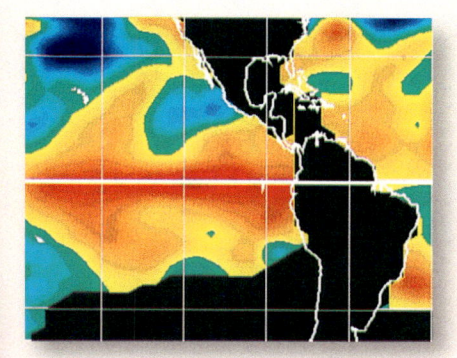

EL AÑO DE EL NIÑO
Cada tres u ocho años, hacia diciembre, El Niño se desplaza hacia el sur provocando tiempo seco en Australia y lluvias en las regiones occidentales de América del Sur.

CONSECUENCIA DE LAS CATÁSTROFES
A veces, El Niño genera también sequías en el noreste de Brasil y en ciertas regiones de África, así como fuertes lluvias en Argentina, Uruguay y el sur de Brasil.

Copo plano hexagonal  — *Copo en forma de columna* 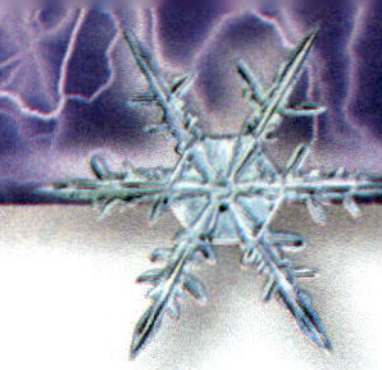 — *Copo de seis ramas*

Las nevadas

SALIR AL AMANECER DESPUÉS de una nevada es algo mágico. El sol luce sobre un manto blanco inmaculado, un manto cubre tejados y vallas y la escarcha reluce en las ventanas.

Pero, aunque las nevadas son causa de admiración y diversión, también perturban la vida cotidiana porque bloquean las carreteras y retrasan los desplazamientos de los servicios de socorro. El frío glacial pone en peligro la vida de quienes viven en casas sin calefacción, y en las montañas, una gruesa manta de nieve puede provocar aludes mortales. Las tempestades de agua-hielo, también muy peligrosas, se producen cuando las gotas de lluvia atraviesan el aire glacial sin perder la forma líquida, y al llegar al suelo se hielan formando una gruesa capa de hielo que multiplica los accidentes en las carreteras y aceras resbaladizas.

NIEVE ASESINA
La peor nevada de la historia de Estados Unidos ocurrió en la costa este entre el 11 y el 14 de marzo de 1888, con precipitaciones de más de 1,50 m, causando 400 víctimas.

TIPOS DE HIELO
Cuando las gotas de agua helada caen sobre una superficie, a veces se expanden antes de helarse y forman una gruesa capa de hielo. Si el termómetro cae bajo cero, el aire húmedo forma un revestimiento granulado llamado escarcha. Ésta no es tan resbaladiza ni peligrosa como el hielo.

¡PELIGRO DE ALUDES!
Se produce un alud cuando una gran masa de nieve rueda por la ladera de una montaña. Puede sepultar a personas, coches y pueblos enteros.

SITUACIONES DE RIESGO
Los aludes se producen con frecuencia cuando cae nieve nueva sobre una capa vieja mojada o helada, o bien cuando en primavera la base empieza a fundirse.

Historia de las palabras

• **Ventisca** es una nevada acompañada de fuertes vientos.
• Los habitantes de **Groenlandia** usan no menos de 50 términos distintos para nombrar la nieve.

¡Increíble!

• El copo más grande de nieve de la historia cayó el 28 de enero de 1887 en Montana, Estados Unidos. Medía 38 cm de diámetro y 20 cm de grosor.
• Las nevadas más fuertes con ventisca se produjeron en 1959 en el monte Shasta de California: 4,80 m de altura.

Zapping

• A veces la nieve se origina a partir de sistemas de bajas presiones. ¿Quieres saber más sobre bajas presiones? Respuesta en páginas 16-17.
• ¿Cómo se sabe si va a haber precipitaciones en forma de lluvia o de nieve? → páginas 24-25.
• Plantas, animales y personas han adoptado diversas estrategias para afrontar el intenso frío y las fuertes nevadas. ¿Cuáles? → páginas 44-45.

PRIMER PLANO
El hombre de los copos de nieve

Ajustó el mecanismo del microscopio y observó la forma que aparecía ante sus ojos. Era un espectáculo impresionante: un dibujo de seis ramas precioso. ¿Quién habría pensado que un copo de nieve ocultara tal maravilla? El estudio de los copos se convirtió en pasión para Wilson A. Bentley, un muchacho de 15 años que vivía en Vermont (Estados Unidos). Durante los siguientes 46 años dedicó miles de horas al estudio de los copos. Los recogía en un plato y los separaba con una pluma. Publicó un libro con fotografías de 2.300 copos. Según Bentley, cada uno de por sí es una obra maestra de arquitectura, pero lo que a él le entusiasmaba sobre todo es que nunca encontraba uno igual a otro.

PELIGRO GLACIAL
Las nevadas hacen muy peligroso nuestro entorno. Con una gruesa capa de hielo es imposible conducir o caminar por la calle. El peso del hielo, además, derriba árboles y líneas eléctricas y puede perturbar el equilibrio de los aviones al despegar y al aterrizar.

TERRENO RESBALADIZO
La nieve se vuelve resbaladiza cuando no puede soportar su peso. Los alpinistas y escaladores pueden provocar aludes. El movimiento se acelera a medida que baja.

OLA DEVASTADORA
Una ola de nieve puede alcanzar velocidades de 250 km/h y arrastrar todo a su paso. Una persona sepultada en una avalancha puede sobrevivir unas horas, por eso los socorristas trabajan con perros que les permiten localizar rápido a quienes siguen con vida.

Habitantes de climas extremos

¿CRECEN PLANTAS EN LOS DESIERTOS? ¿Hay animales en las regiones polares? Por asombroso que parezca, la respuesta a estas dos preguntas es sí. La vida ha conquistado casi todas las regiones del planeta gracias a un proceso llamado adaptación.

En el desierto hay plantas con largas raíces que extraen el agua del suelo profundo. Casi todos los animales del desierto pasan el día a resguardo del calor y tienen actividad de noche.

En la tundra, las plantas crecen a ras del suelo para protegerse del viento y florecen muy rápido aprovechando el corto verano. Muchos animales tienen una piel gruesa y una capa de grasa que les preserva del frío. También el hombre ha desarrollado características físicas para afrontar los entornos extremos. Los habitantes de regiones cálidas, por ejemplo, suelen tener una piel oscura que les protege del sol.

INCENDIOS SALVADORES
En Australia, donde hay numerosos incendios forestales, la mayoría de las especies vegetales son resistentes al fuego y ciertas plantas no pueden reproducirse sin ayuda de éste, que abre sus simientes.

Desierto: el canguro rata de América del Norte extrae el agua necesaria para su supervivencia de semillas de las plantas. Puede pasar toda su vida sin beber una gota.

ESTRATEGIAS DE SUPERVIVENCIA
A lo largo de la selección natural, las plantas y los animales se han adaptado a las condiciones climáticas más difíciles. Estas ilustraciones muestran algunos ejemplos de adaptación del reino animal.

Trópicos: Generalmente los renacuajos tienen que permanecer en el agua para sobrevivir, pero en el bosque tropical el aire es tan húmedo que hay ranas que transportan a las crías en la espalda fuera del agua.

Montaña: El pequeño pica asiático y norteamericano está abrigado por un espeso pelaje contra el frío y sobrevive a base de plantas secas que acumula en su madriguera.

Historia de las palabras

• Muchos animales duermen todo el invierno para no exponerse al frío. Este fenómeno se llama **hibernación**, del latín *hibernare*, que significa «pasar el invierno».

¡Increíble!

• Para reponer rápido sus reservas, un camello bebe hasta 135 l de agua en 10 minutos.
• En invierno, el pingüino emperador de la Antártida resiste un frío de −60 °C y vientos de 190 km/h.

Zapping

• ¿Cuáles son los principales climas del planeta? Respuesta en páginas 18-19.
• Las regiones no desérticas sufren también la sequía. ¿Quieres saber más? → páginas 40-41.
• ¿Qué dicen los mitos sobre los fenómenos meteorológicos? → páginas 48-49.

PRIMER PLANO

Bajo el sol de México

«No me daba cuenta de que eso pudiera influir tanto.» Como otros corredores de fondo y de medio fondo de los juegos olímpicos de México en 1968, al australiano Ron Clarke, en posesión del récord de 10.000 m, le sorprendió la influencia de la altitud (2.240 m) en su carrera. Como, debido al aumento de altitud, el aire contiene menos oxígeno, los corredores de regiones de poca altitud respiran mal. Antes de los juegos olímpicos de México pocos atletas eran conscientes de este fenómeno. Clarke llegó a la meta de los 10.000 m en sexto lugar y se desplomó. Fue Naftali Temu, del altiplano de Kenya, quien ganó la carrera. Los atletas de las pruebas de sprint y de salto aprovechan el principio de que el viento ofrece menor resistencia en los esfuerzos breves y rápidos. Se cree que es lo que ayudó a Bob Beamon a llevar a cabo su increíble salto de longitud de 8,90 m con el que pulverizó en casi 70 cm el récord anterior.

LOS HOMBRES

¿Cómo se adaptó el ser humano a condiciones climáticas adversas y extremas?

CASAS DE HIELO
Los inuit del Ártico construyen con bloques de hielo lugares llamados iglúes, una estructura que reduce la disipación del calor y protege del viento.

A PLENO PULMÓN
Se ha comprobado que los indios de los Andes tenían pulmones de mayor volumen que el término medio, que les permitía inhalar más aire en un entorno donde escasea el oxígeno.

ABRIGOS DE TELA
Las poblaciones nómadas del Sáhara llevan ropa amplia que protege su piel del sol y deja circular el aire.

Polo Norte: Su pelaje denso y su gruesa capa de grasa protege al oso blanco del frío. El corazón le envía sangre caliente hacia la piel para evitar congelaciones.

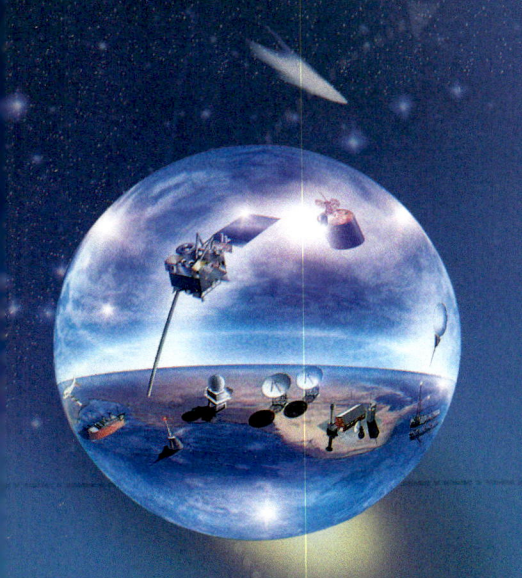

El tiempo que hará

COMO EL TIEMPO JUEGA un papel notable en nuestra vida, no es de extrañar que lo investiguemos y tratemos de prever su evolución.

Nuestros antepasados atribuían muchos fenómenos climáticos al poder de seres sobrenaturales, pero también sabían reconocer las características de los cambios del tiempo y aprovecharlas para efectuar previsiones. Sin embargo, habría que esperar al siglo XVI para que el estudio del tiempo, la meteorología, se convirtiera en ciencia. Desde entonces, los meteorólogos utilizan aparatos complejos y técnicas refinadas para hacer pronósticos cada vez más fiables.

pág. **48**
¿Sabías que en la mitología de los indios de América, el Pájaro Trueno era el origen del trueno, los relámpagos y la lluvia? ¿Qué otros mitos explican de ese modo los fenómenos climáticos?

Cap. sobre A LA BÚSQUEDA DE SIGNOS

pág. **50**
Dos inventos recientes, el telégrafo e Internet, han marcado la historia de la meteorología.

Cap. sobre LA METEOROLOGÍA

pág. **52**
¿Cómo se miden la temperatura y la humedad del aire, la velocidad del viento y la presión atmosférica?

Cap. sobre UNA CUESTIÓN DE MEDIDAS

pág. 54 Las aerosondas recogen datos en regiones muy lejanas. ¿Cómo aprovechan los meteorólogos esa información?

Cap. sobre **LAS PREVISIONES**

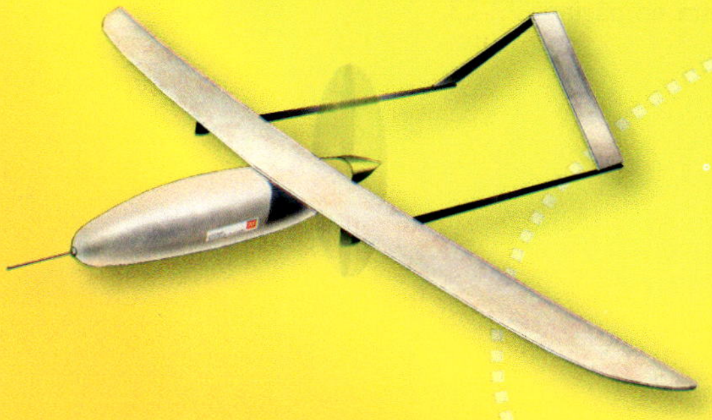

pág. 56 ¿Qué puede enseñarte Internet sobre el clima y el medio ambiente?

Cap. sobre **LOS BOLETINES METEOROLÓGICOS**

pág. 58 ¿Cómo nos ayudan los anillos de los árboles a entender mejor los cambios climáticos del pasado?

Cap. sobre **EL CLIMA A LARGO PLAZO**

pág. 60 Es posible que el hombre esté cambiando el clima del planeta.

Cap. sobre **¿VA A CAMBIAR EL CLIMA?**

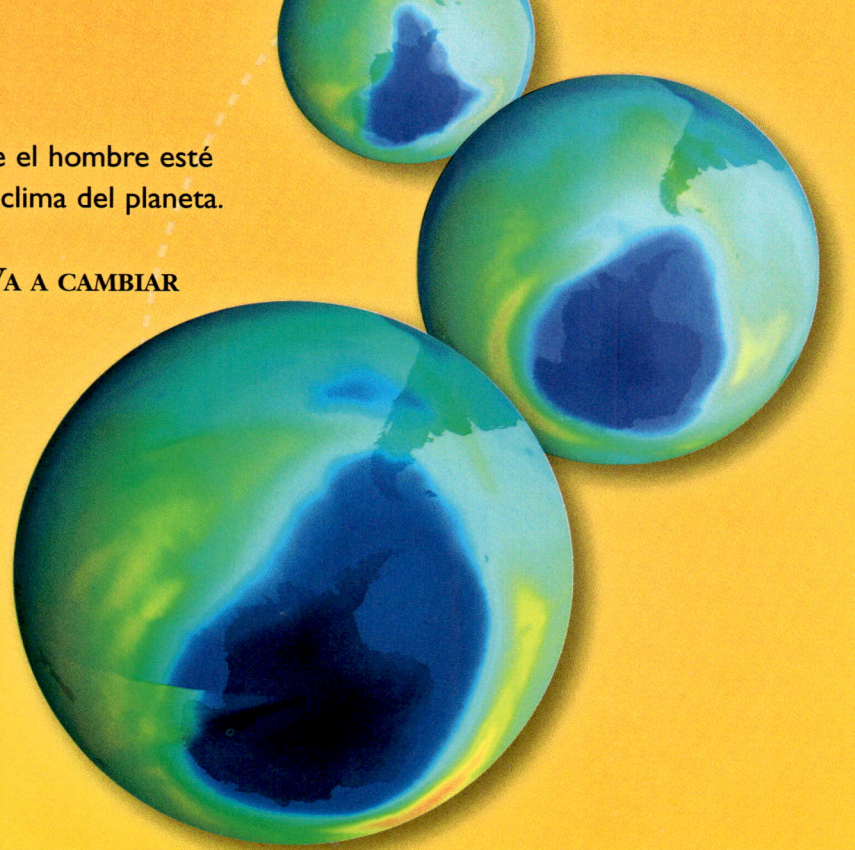

47

Calendario solar maya

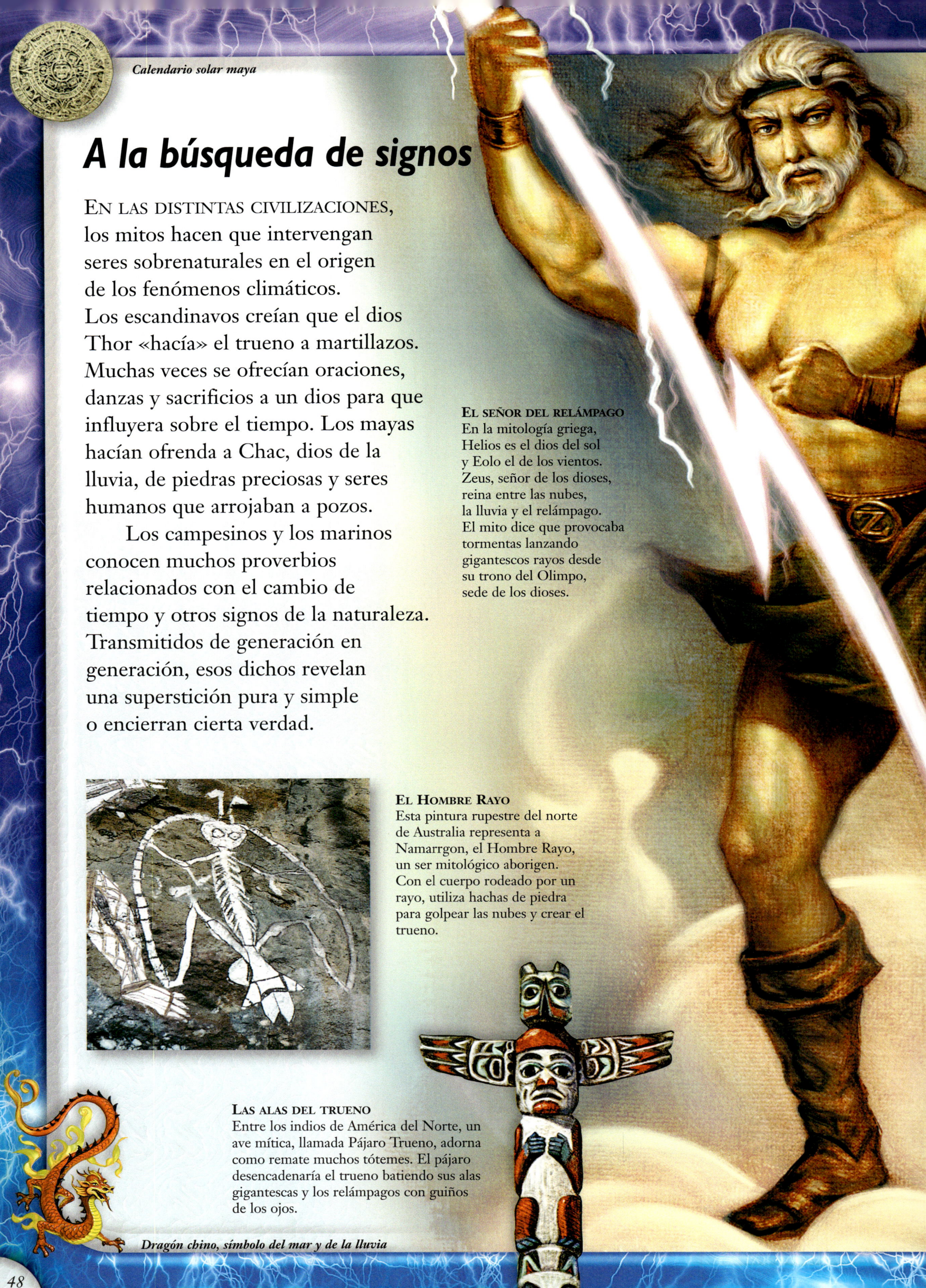

A la búsqueda de signos

En las distintas civilizaciones, los mitos hacen que intervengan seres sobrenaturales en el origen de los fenómenos climáticos. Los escandinavos creían que el dios Thor «hacía» el trueno a martillazos. Muchas veces se ofrecían oraciones, danzas y sacrificios a un dios para que influyera sobre el tiempo. Los mayas hacían ofrenda a Chac, dios de la lluvia, de piedras preciosas y seres humanos que arrojaban a pozos.

Los campesinos y los marinos conocen muchos proverbios relacionados con el cambio de tiempo y otros signos de la naturaleza. Transmitidos de generación en generación, esos dichos revelan una superstición pura y simple o encierran cierta verdad.

El señor del relámpago
En la mitología griega, Helios es el dios del sol y Eolo el de los vientos. Zeus, señor de los dioses, reina entre las nubes, la lluvia y el relámpago. El mito dice que provocaba tormentas lanzando gigantescos rayos desde su trono del Olimpo, sede de los dioses.

El Hombre Rayo
Esta pintura rupestre del norte de Australia representa a Namarrgon, el Hombre Rayo, un ser mitológico aborigen. Con el cuerpo rodeado por un rayo, utiliza hachas de piedra para golpear las nubes y crear el trueno.

Las alas del trueno
Entre los indios de América del Norte, un ave mítica, llamada Pájaro Trueno, adorna como remate muchos tótems. El pájaro desencadenaría el trueno batiendo sus alas gigantescas y los relámpagos con guiños de los ojos.

Dragón chino, símbolo del mar y de la lluvia

Historia de las palabras

• Eolo, hijo de Poseidón, rey del mar en la mitología griega, es el dios de los vientos. Su nombre ha dado el adjetivo «eólico», que significa «movido o provocado por el viento».

¡Increíble!

• La pintada, que vive en el suelo, se pone a hacer un nido cuando se anuncia la tormenta que ella barrunta a varios kilómetros.
• Las hormigas sienten la lluvia mucho antes de que caiga y levantan un círculo de tierra alrededor del hormiguero para que no entre el agua.

Zapping

• Muchas supersticiones se basan en efectos ópticos como los arcos iris y los halos. ¿Quieres sabes más? Respuesta en página 27.
• ¿Desde cuando el hombre estudia los fenómenos meteorológicos?
→ páginas 50-51.

PRIMER PLANO
La danza de la lluvia

Los danzantes hacen un corro en torno al sacerdote y se meten serpientes vivas en la boca. El sacerdote se acerca y roza a las serpientes con una pluma de águila. Así comienza la danza ritual de la serpiente que repiten cada dos años en el mes de agosto los indios hopi del suroeste de Estados Unidos para propiciar la lluvia. Durante los preparativos, que duran varios días, los danzantes ayunan antes de partir a buscar serpientes a las que lavan y alimentan como invitados de honor. El baile tiene lugar en una habitación subterránea, la kiva, donde, adornados con barro de colores, los danzantes llevan una o varias serpientes en la boca o en los hombros. Cuando termina la ceremonia, sueltan a las serpientes para que éstas lleven sus plegarias a las deidades hopi de la lluvia.

ROMPEDOR DE TORMENTAS
Este bastón de madera tallada representa al dios del trueno Shango, que según los yoruba de Nigeria provoca las tormentas lanzando relámpagos sobre la tierra desde los cielos. En las ceremonias rituales, los sacerdotes yoruba esgrimen bastones como éste para ahuyentar las tormentas fuertes.

PARECE SER QUE...

Según dicen, ciertos signos indican que el tiempo va a cambiar. ¿Son fiables?

DETECTOR DE HUMEDAD
«Las piñas abiertas son signo de buen tiempo»: dado que se cierran cuando el tiempo es húmedo, si se abren sencillamente indican que el aire es seco.

OCASO CLARO
«Cuando el cielo está límpido al oeste al atardecer, va a hacer buen tiempo al día siguiente»: es verdad, pero sólo en las regiones donde el tiempo suele venir del oeste.

SOBRE LA HIERBA
«Si las vacas se echan, va a hacer mal tiempo»: lo cierto es que, si empieza a llover, se echan para conservar un poco de hierba seca.

BOLETÍN DE LA TELA DE ARAÑA
«La presencia de muchas telas de araña anuncia buen tiempo»: en verdad las arañas dejan de tejer la tela cuando llueve.

INSTRUMENTOS PARA EL TIEMPO
Leonardo da Vinci construyó el primer higrómetro hacia 1500. Galileo inventó el termómetro en 1593 y uno de sus discípulos, Torricelli, hizo el primer barómetro con recipiente de mercurio en 1643.

Barómetro antiguo inspirado en el invento de Torricelli.

Higrómetro de Leonardo da Vinci, hacia 1500.

Termómetro de Galileo, 1593.

La meteorología

EN EL SIGLO IV a. C., el filósofo griego Aristóteles escribió un libro en el que trató de describir todas las clases de tiempo, *Meteorologica*. Casi en la misma época, los sabios hindúes utilizaban pluviómetros y los astrónomos chinos consignaban los cambios de tiempo de una estación a otra.

Astrónomo y físico, Galileo (1564-1642) inventó el termómetro. Luego, uno de sus discípulos, Evangelista Torricelli (1608-1647) construyó el primer barómetro. Los científicos de la Academia del Cimento de Florencia utilizaron este instrumento para crear la primera red de observación meteorológica en 1564.

Gracias al invento del telégrafo por Samuel Morse (1791-1872), los meteorólogos recibían la información sobre cambios del tiempo antes de que se produjeran. En los últimos cincuenta años, la aparición del radar, los satélites y los ordenadores ha permitido a los meteorólogos mejorar la fiabilidad de sus pronósticos.

RECOGIDA DE DATOS
A principios del siglo XX los meteorólogos comenzaron a soltar en el aire dispositivos sin piloto, como cometas y globos, para recoger datos en la alta atmósfera. Esta cometa meteorológica fue construida por el científico Teisserenc de Bort, que la lanzó desde su observatorio parisino durante la Primera Guerra Mundial.

PREVISIONES NUMÉRICAS
En 1922, el británico Lewis Fry Richardson tuvo la idea de efectuar previsiones meteorológicas mediante ecuaciones matemáticas. Debido a la complejidad del cálculo, hubo que esperar a 1950 para obtener previsiones numéricas meteorológicas fiables.

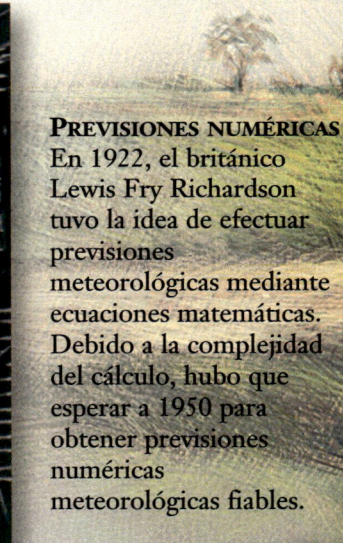

A PASOS DE GIGANTE
La meteorología ha evolucionado de un modo progresivo, pero su historia está jalonada de aportaciones importantes que constituyen inmensos pasos adelante.

Siglo IV a. C., Aristóteles escribe *Meteorologica*.

1593 Galileo inventa el termómetro.

1643 Construcción del primer barómetro por Torricelli, quien también estudió la presión atmosférica.

Historia de las palabras

- **Meteorología**, término que designa el estudio científico del tiempo, viene de las palabras griegas *meteoron*, «algo alto en el cielo», y *logos*, «discurso».

¡Increíble!

- Antes de que la informática facilitara los cálculos, Lewis Fry Richardson pensaba que una sola previsión meteorológica numérica necesitaría de la intervención de unos 64.000 matemáticos.

Zapping

- Los higrómetros miden la humedad del aire. ¿Cómo se fabrican estos higrómetros? Respuesta en página 21.
- ¿Por qué los satélites desempeñan un papel esencial en la monitorización del tiempo?
→ páginas 52-53.

UN OJO EN EL CIELO
El lanzamiento de *Tiros I* (Television Infrared Observation Satellite) el 1 de abril de 1960 revolucionó la meteorología. Por primera vez, los meteorólogos recibieron imágenes de las nubes de áreas muy extensas. Esto les permitió detectar tormentas.

LOS VIENTOS
En la antigua Grecia se dio nombre de dioses a ocho vientos según su dirección. Estos dioses fueron esculpidos en el edificio Torre de los Vientos de Atenas en el siglo I a. C.

TE TOCA JUGAR
Barómetro en una botella

Uno de los inventos más importantes fue el barómetro. Puedes fabricar uno siguiendo las instrucciones.

❶ Coloca un trozo de globo sobre una lata o bote de forma tal que no entre ni salga aire.
❷ Corta la punta de una pajita; te servirá de marcador. Pega un extremo de la pajita en diagonal sobre la parte superior del bote.
❸ Pega también una cartulina al bote, cerca del marcador. Apunta en ella la posición del marcador. Vuelve a apuntarla al día siguiente. Cuando la presión del aire sea alta, el marcador bajará. Cuando sea baja, subirá.

1837 Invención del telégrafo por Samuel Morse.

1854 Creación en Francia de los servicios meteorológicos.

1935 Invención del radar que permite a los meteorólogos vigilar las tormentas y las precipitaciones.

1951 Fundación de la Organización Meteorológica Mundial, que intensifica la cooperación internacional.

Década de 1990, revolución en la difusión de la información gracias a Internet.

El higrómetro registra los cambios de temperatura.

El hidrógrafo registra las variaciones de humedad.

Una cuestión de medidas

LOS METEORÓLOGOS RECOGEN información a distinto nivel, desde la superficie de la tierra hasta la tropopausa y más allá. En el suelo, hacen mediciones con diversos instrumentos: termómetro para la temperatura, higrómetro para la humedad y barómetro para la presión atmosférica. Estos instrumentos están en estaciones meteorológicas diseminadas por una amplia zona, automáticas en su mayoría: registran los datos y los transmiten por teléfono, radio o vía satélite. En la alta atmósfera los científicos utilizan aeronaves. Con globos se envían instrumentos, radiosondas que registran la presión atmosférica, la temperatura y la humedad. A mayor altura aún, los satélites fotografían la cobertura nubosa, registran la temperatura y la velocidad del viento a diversos niveles, o bien miden las corrientes marinas y la altura de las olas.

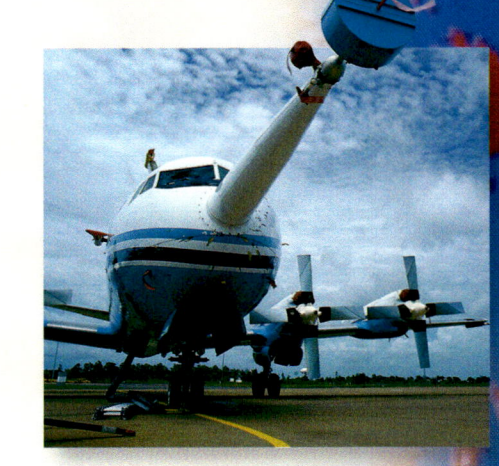

LOS INSTRUMENTOS DEL CIELO
Los aviones de investigación llevan numerosos instrumentos de medición a las capas superiores de la atmósfera. Este avión se dirige al ojo de los ciclones para recoger datos destinados a alimentar los modelos informáticos.

ESCALA DE BEAUFORT que indica la fuerza del viento

CÓDIGO	VELOCIDAD (km/h)	DESCRIPCIÓN	EFECTOS EN TIERRA
0	menos de 1	calma	El humo sube en vertical.
1	1–5	brisa muy ligera	El humo se desvía un poco.
2	6–11	leve brisa	Se mueven las hojas, las veletas giran.
3	12–19	brisa suave	Se mueven las hojas y las ramitas.
4	20–28	brisa agradable	El viento levanta polvo.
5	29–38	buena brisa	Los arbustos se balancean un poco.
6	39–49	viento fresco	Silban los cables eléctricos.
7	50–61	viento fuerte	Cuesta caminar de cara al viento.
8	62–74	ráfagas	Se rompen ramitas.
9	75–88	ráfagas fuertes	Se rompen ramas. Pequeños destrozos.
10	89–102	tempestad	Árboles arrancados. Grandes destrozos.
11	103–117	fuerte tempestad	Destrozos enormes.
12	a partir de 118	huracán	Catástrofes.

CALIENTE-FRÍO
Esta imagen infrarroja por satélite representa el ojo de un ciclón. Como los sensores infrarrojos son sensibles al calor, los colores indican la temperatura que hay en lo alto de las nubes. Cerca del centro, el rojo oscuro representa las temperaturas más bajas en lo alto de las grandes nubes de tormenta que rodean el ojo del ciclón.

TE TOCA JUGAR
Construye tu anemómetro

El anemómetro sirve para medir la velocidad del viento.

❶ Une una bola de ping-pong al extremo de un cordel resistente.
❷ Ata el otro extremo del cordel a la base de un transportador. Puedes también fijar a la base del transportador un bastoncillo de madera o una regla que haga de mango.
❸ Da la vuelta al transportador, encáralo al viento y dile a un amigo que mida el ángulo que marca el cordel. El cuadro de aquí abajo te permitirá determinar la velocidad del viento.

Ángulo	90°	80°	70°	60°	50°	40°	30°	20°
Velocidad (km/h)	0	13	19	24	29	34	41	52

Historia de las palabras

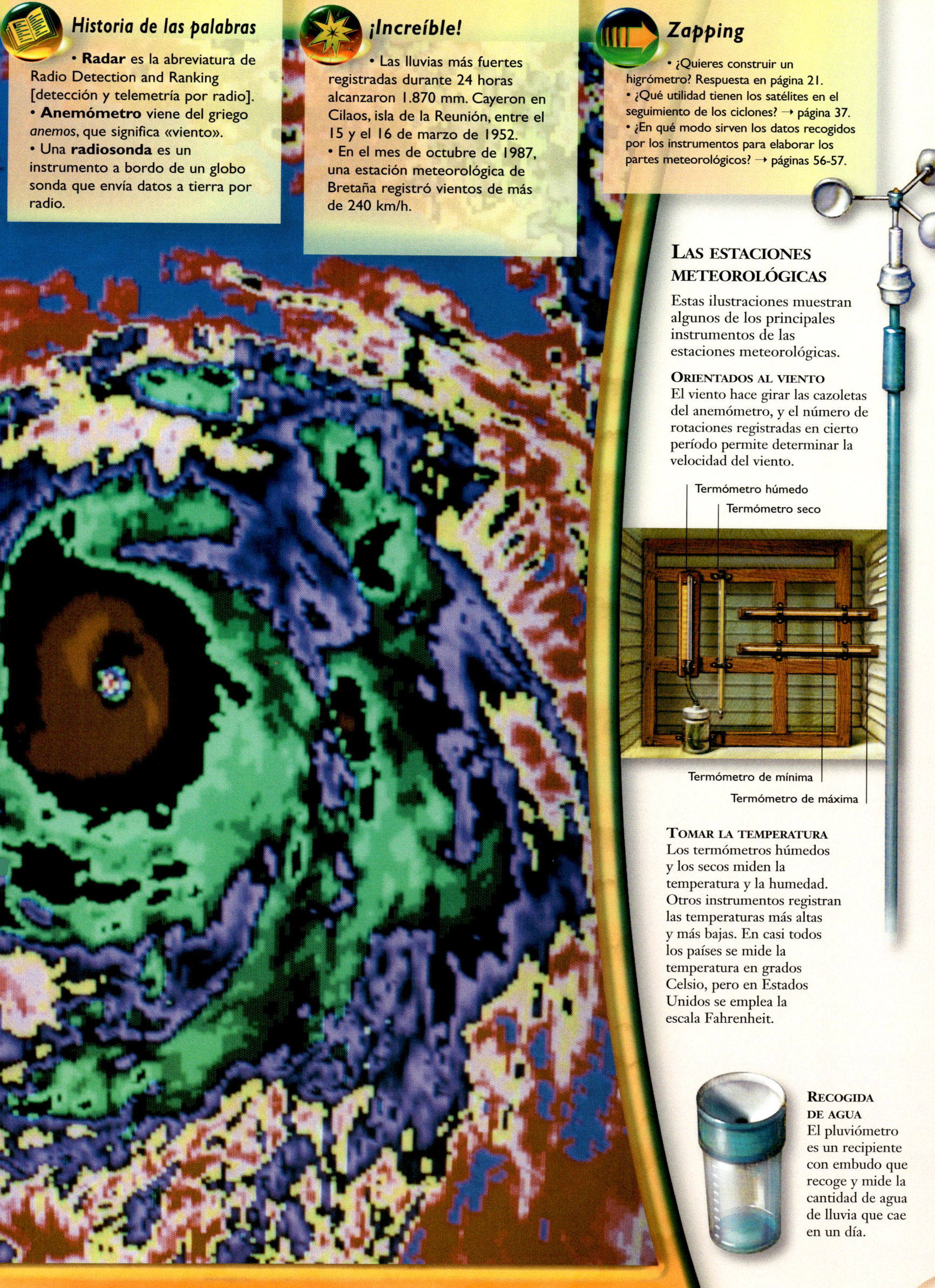

- **Radar** es la abreviatura de Radio Detection and Ranking [detección y telemetría por radio].
- **Anemómetro** viene del griego *anemos*, que significa «viento».
- Una **radiosonda** es un instrumento a bordo de un globo sonda que envía datos a tierra por radio.

¡Increíble!

- Las lluvias más fuertes registradas durante 24 horas alcanzaron 1.870 mm. Cayeron en Cilaos, isla de la Reunión, entre el 15 y el 16 de marzo de 1952.
- En el mes de octubre de 1987, una estación meteorológica de Bretaña registró vientos de más de 240 km/h.

Zapping

- ¿Quieres construir un higrómetro? Respuesta en página 21.
- ¿Qué utilidad tienen los satélites en el seguimiento de los ciclones? → página 37.
- ¿En qué modo sirven los datos recogidos por los instrumentos para elaborar los partes meteorológicos? → páginas 56-57.

LAS ESTACIONES METEOROLÓGICAS

Estas ilustraciones muestran algunos de los principales instrumentos de las estaciones meteorológicas.

ORIENTADOS AL VIENTO

El viento hace girar las cazoletas del anemómetro, y el número de rotaciones registradas en cierto período permite determinar la velocidad del viento.

Termómetro húmedo
Termómetro seco
Termómetro de mínima
Termómetro de máxima

TOMAR LA TEMPERATURA

Los termómetros húmedos y los secos miden la temperatura y la humedad. Otros instrumentos registran las temperaturas más altas y más bajas. En casi todos los países se mide la temperatura en grados Celsio, pero en Estados Unidos se emplea la escala Fahrenheit.

RECOGIDA DE AGUA

El pluviómetro es un recipiente con embudo que recoge y mide la cantidad de agua de lluvia que cae en un día.

Globo sonda meteorológico   *Radar*   *Aerosonda*

Las previsiones

LOS BOLETINES DEL TIEMPO son el resultado de un proceso complejo en el que intervienen centenares de meteorólogos y observadores, un arsenal tecnológico impresionante y un notable volumen de datos. Cuanto mayor es el volumen de datos, mayor posibilidad hay de que el pronóstico sea exacto. Por ello se acopian mediciones de múltiples fuentes. Para elaborar un parte en pocas horas, los científicos recurren a ordenadores que tratan la información, efectúan simulaciones y trazan mapas.

La mayoría de las previsiones se hacen sobre los siete días siguientes, pasados los cuales ya no son fiables pues la evolución del tiempo es un fenómeno que depende de tal número de factores que, al cabo de una semana, hacen que los minúsculos errores de cálculo falseen la previsión.

ESTACIÓN METEOROLÓGICA
Los simuladores son programas que reproducen las condiciones del tiempo reales para prever su evolución.

EN DIRECTO
Sistemas automáticos transmiten directamente los datos a los meteorólogos. Este científico observa una imagen de radar.

Centro meteorológico que recibe y trata los datos

Avión meteorológico

Buque oceanográfico

Satélite móvil

Estación de radar

Boya oceanográfica de meteorología

NIEBLA MATINAL
Si el día comienza con una niebla densa, generalmente será soleado y sin nubes ni viento. Efectivamente, la niebla que se forma de noche suele hacerlo con cielo despejado.

LOS INDICADORES LOCALES
Para obtener previsiones fiables hay que contar con gran número de datos recogidos sobre una zona extensa. De todos modos, ciertos signos locales permiten prever cambios meteorológicos a corto plazo.

Historia de las palabras

• Un **satélite geoestacionario** (de *geo*, «tierra» o «suelo» en griego) es fijo en relación con la superficie de la Tierra y suele estar situado cerca del ecuador. Un **satélite móvil** gravita constantemente alrededor del planeta y suele pasar por encima de los polos.
• La palabra **simulador** viene del latín *simulare*, «copiar».

¡Increíble!

• Un superordenador puede efectuar más de 1.000 millones de cálculos matemáticos por segundo.
• Hay satélites que transmiten 150.000 observaciones al día.
• La vigilancia meteorológica mundial registra datos de 12.000 estaciones, 7.000 dispositivos en el mar, 700 operadores radiosonda y centenares de aeronaves.

Zapping

• Por regla general, modificaciones importantes de presión atmosférica indican un cambio de tiempo. ¿Quieres saber más sobre la presión atmosférica? Respuesta en páginas 10-11.
• Los meteorólogos siguen atentamente la aparición de los frentes. ¿Por qué? → páginas 16-17.
• Las previsiones meteorológicas suelen representarse en forma de mapas o cuadros. ¿Sabes leer un mapa meteorológico? → páginas 56-57.

Satélite geoestacionario

TE TOCA JUGAR
Cuaderno de bitácora meteorológico

Si consignas periódicamente las condiciones meteorológicas, llegarás a identificar las pautas más frecuentes en tu región y podrás prever ciertos cambios del tiempo a corto plazo. Para apuntar la presión atmosférica, las precipitaciones y la velocidad del viento, puedes utilizar un barómetro (página 51), un pluviómetro (página 39) y un anemómetro (página 52). Mide la temperatura con un termómetro y determina la dirección del viento con una veleta. Anota los datos en un cuaderno de bitácora mediante los símbolos (página 57) y puedes también dibujar o fotografiar fenómenos interesantes, como nubes o arco iris, y pégalos en el cuaderno.

EL CICLO DE INFORMACIÓN
Los instrumentos que ves recogen generalmente datos y los transmiten a las estaciones de meteorología donde los meteorólogos analizan la información y realizan los boletines en forma de mapas, cuadros y textos. Nada más terminar, el ciclo se reanuda.

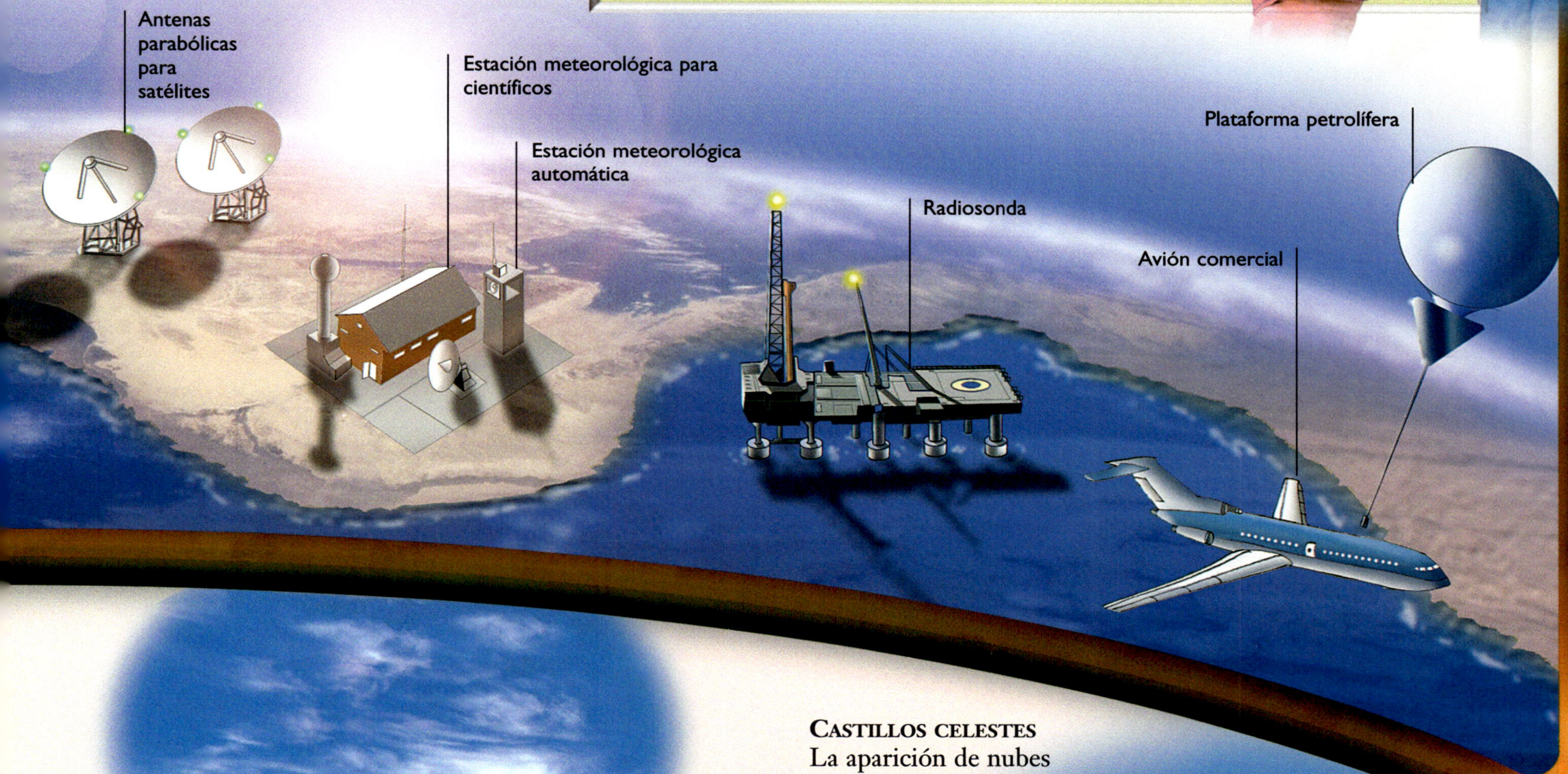

Antenas parabólicas para satélites

Estación meteorológica para científicos

Estación meteorológica automática

Radiosonda

Plataforma petrolífera

Avión comercial

PISO ALTO
La aparición de una franja de nubes altas puede indicar la llegada de un frente. En ese caso, horas más tarde aparecen nubes más densas y lluvia.

CASTILLOS CELESTES
La aparición de nubes altas de altitud media, llamadas *altocumulus castellanus*, por su parecido con torres de castillo, indica la formación de nubes de tormenta.

Cielo despejado *Cielo parcialmente nuboso* *Cielo nuboso* *Lluvia*

Los partes meteorológicos

LOS METEORÓLOGOS SUELEN confeccionar dos clases de mapas: los sinópticos y los de previsiones. El mapa sinóptico es una instantánea del tiempo que hacía en el momento de confeccionarlo, y el mapa de previsiones se refiere al tiempo que va a hacer en las 12, 24 o 48 horas siguientes.

Los servicios meteorológicos aportan a las cadenas de televisión, la radio y los periódicos versiones simplificadas de esos mapas y dan también información directa por teléfono, fax o Internet. Los boletines específicos están concebidos para quienes por su profesión o sus dedicaciones dependen de los cambios del tiempo (pilotos, marinos, agricultores, alpinistas, etc.). Una de las misiones más importantes de los servicios meteorológicos es avisar a la población de la inminencia de graves perturbaciones, como inundación, ciclón o fuerte borrasca.

NACIMIENTO DE UN MAPA
Este meteorólogo confecciona un mapa sinóptico a mano en el que indica los datos transmitidos por las estaciones meteorológicas y traza las líneas de los frentes y las zonas de presión atmosférica. El mapa permite prever los cambios que se produzcan.

D (depresión) indica una zona de baja presión

Estas líneas, llamadas isobaras, delimitan zonas de igual presión atmosférica

Símbolo de frente frío

Viento débil

TE TOCA JUGAR
El tiempo en Internet

Gracias a las informaciones disponibles por Internet, puedes seguir el tiempo que hace en tu región y en casi todas las partes del mundo. En esa página hay cientos de sitios dedicados al tiempo.
Además, la mayoría de los servicios nacionales de meteorología emiten boletines periódicamente puestos al día. El Instituto Nacional de Meteorología (Http: www.inm.es) aporta datos sobre todas las regiones. Cada país tiene una o varias agencias de previsión meteorológica.
Si vas a viajar al extranjero o te interesa un aspecto concreto del clima en el mundo, teclea el nombre del país en cualquier buscador y añádele la palabra weather (tiempo, en inglés).
Ejemplos: www.nws.noaa.gov (Estados Unidos) o www.bbc.co.uk/weather (Gran Bretaña).

Historia de las palabras

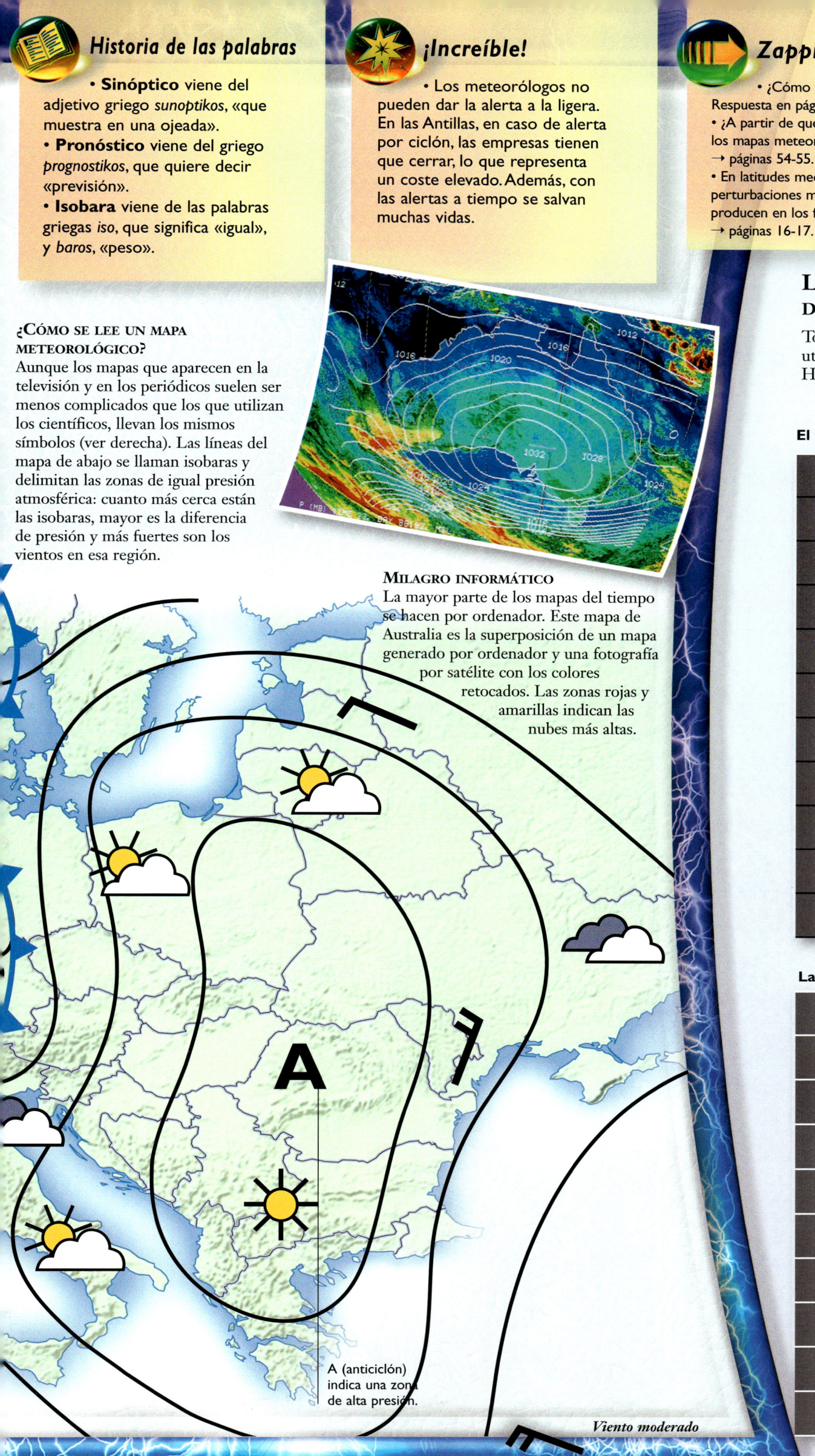

- **Sinóptico** viene del adjetivo griego *sunoptikos*, «que muestra en una ojeada».
- **Pronóstico** viene del griego *prognostikos*, que quiere decir «previsión».
- **Isobara** viene de las palabras griegas *iso*, que significa «igual», y *baros*, «peso».

¡Increíble!

- Los meteorólogos no pueden dar la alerta a la ligera. En las Antillas, en caso de alerta por ciclón, las empresas tienen que cerrar, lo que representa un coste elevado. Además, con las alertas a tiempo se salvan muchas vidas.

Zapping

- ¿Cómo nacen los vientos? Respuesta en páginas 10-11.
- ¿A partir de qué datos se confeccionan los mapas meteorológicos? → páginas 54-55.
- En latitudes medias, las principales perturbaciones meteorológicas se producen en los frentes. ¿Qué es un frente? → páginas 16-17.

¿Cómo se lee un mapa meteorológico?

Aunque los mapas que aparecen en la televisión y en los periódicos suelen ser menos complicados que los que utilizan los científicos, llevan los mismos símbolos (ver derecha). Las líneas del mapa de abajo se llaman isobaras y delimitan las zonas de igual presión atmosférica: cuanto más cerca están las isobaras, mayor es la diferencia de presión y más fuertes son los vientos en esa región.

Milagro informático

La mayor parte de los mapas del tiempo se hacen por ordenador. Este mapa de Australia es la superposición de un mapa generado por ordenador y una fotografía por satélite con los colores retocados. Las zonas rojas y amarillas indican las nubes más altas.

LOS SÍMBOLOS DEL TIEMPO

Todos los meteorólogos utilizan los mismos símbolos. He aquí los más corrientes.

El tiempo

Símbolo	Significado
	llovizna
	lluvia
	nieve
	granizo
	tornado
	lluvia helada
	tempestad de polvo
	niebla
	tormenta
	relámpagos
	huracán

Las nubes

Símbolo	Significado
	estratos
	estratocúmulos
	cúmulos
	cumulonimbos incus
	altoestratos
	altocúmulos
	altocumulus castellanus
	cirros
	cirroestratos
	cirrocúmulos

A (anticiclón) indica una zona de alta presión.

Viento moderado

El fondo de las casquetes polares contiene depósitos antiguos que permiten determinar el tiempo que hacía en otra época. Para obtener muestras de estas cubetas, los científicos extraen columnas de hielo llamadas «zanahorias».

Cada año los troncos de los árboles adquieren un nuevo anillo. Si el círculo es grueso, indica un año cálido y húmedo; si es estrecho, un año frío y seco.

Zanahoria de hielo

Anillos de un tronco de árbol

El clima a largo plazo

HACE UNOS 300 AÑOS que se confeccionan boletines meteorológicos. En tres siglos el clima casi no ha cambiado, pero en un plazo más largo el clima no es tan constante. En 1,6 millones de años hubo varios períodos fríos, o glaciaciones, de varios miles de años. Entre glaciaciones la temperatura aumenta: ahora vivimos uno de esos períodos que se inició hace unos 100.000 años.

Varias fuentes nos permiten conocer la existencia de esos cambios. Igual que ciertas plantas y animales viven a temperaturas precisas, los fósiles son un indicador de las fluctuaciones de temperatura. De todos modos, los motivos de estos cambios siguen siendo un misterio. Quizás ínfimas fluctuaciones de la órbita terrestre modificarían la cantidad de luz solar que llega a la Tierra y esto influiría en el clima.

SOBRE HIELO
Entre 1450 y 1850, los inviernos fueron particularmente rigurosos en toda Europa, por lo que se llama a esta época «pequeña edad glacial». En Londres, el Támesis se helaba periódicamente. A partir de 1607 los londinenses organizaron ferias sobre el hielo, las «Frost Fairs». La última fue en 1814.

Ciertos años muy fríos el hielo alcanzaba 6 m de espesor.

PRIMER PLANO

Indicios glaciales

En sus paseos por las cimas de su Suiza natal, Louis Agassiz se deleitaba contemplando los glaciares. En las paredes de los valles que encierran estos glaciares aparecían surcos, vestigios del frotamiento de las piedras contra la roca por efecto del hielo. Agassiz comprobó en otros lugares esas mismas marcas y llegó a la siguiente hipótesis: en otra época el hielo recubría vastas regiones del planeta durante períodos que llamó «glaciaciones». Como muchos científicos, Agassiz se anticipaba a su época. Murió en 1873 y hubo que esperar un siglo para que se impusiera el concepto de glaciaciones.

CRONOLOGÍA

Aquí vemos los últimos cambios climáticos importantes de la Tierra. La línea curva indica la variación de temperatura en relación con la media actual representada por la línea recta.

3.700 m.a. Las temperaturas son superiores en 10 °C al clima actual.

2.700-1.800 m.a. El hielo cubre zonas muy extensas.

450 m.a. Glaciación corta.

330 m.a. Inicio de una larga glaciación.

245 m.a. Calentamiento del clima; aparición de los dinosaurios.

Temperatura media actual   m.a. = millones de años   a = años

Historia de las palabras

- El estudio del clima de la prehistoria es la **paleoclimatología**, de los términos griegos *palai*, «antiguo», *klima*, «clima», y *logos*, «discurso».
- **Fósil** viene del latín *fossilis*, que significa «obtenido por excavación» y que viene de *fodere*, «cavar».

¡Increíble!

Al principio del período cálido llamado óptimo medieval, iniciado hacia 900 d. C., unos 400 hombres y mujeres llegados de Islandia se establecieron en Groenlandia. El nuevo enfriamiento del clima en los siglos XII y XIII provocó una disminución de las cosechas, y la colonia se vio privada de alimento y desapareció en el siglo XV.

Zapping

- ¿Cuál es la influencia sobre el clima de la órbita de la Tierra alrededor del Sol? Respuesta en páginas 10-11.
- ¿Cuáles son las zonas climáticas actuales del planeta? → páginas 18-19.
- ¿Cómo se hacen las previsiones meteorológicas? → páginas 54-55.
- ¿Puede el hombre influir sobre el clima? → páginas 60-61.

Tenderetes instalados sobre el hielo para venta de comida, bebidas y recuerdos.

Cortina solar
Con un intervalo de 150 millones de años aproximadamente, la órbita de la Tierra discurre por zonas de la Vía Láctea muy abundantes en polvo que podría ocultar la luz solar, produciendo un enfriamiento de la atmósfera e incluso glaciaciones.

Enfriamiento
Los volcanes arrojan a la atmósfera enormes cantidades de cenizas y gases que impiden el paso de los rayos solares y hacen descender la temperatura. En la prehistoria, grandes erupciones quizá dieron origen a glaciaciones. Hoy a veces causan un enfriamiento del clima durante varios meses.

65 m.a. Inicio del progresivo enfriamiento; desaparición de los dinosaurios.

1,6 m.a. Continúa el frío; se producen glaciaciones cada 100.000 años aproximadamente.

Entre glaciaciones existen cortos períodos interglaciares cálidos.

18.000 a. Punto culminante de la última glaciación.

6.000 a. El calentamiento del clima favorece la aparición de la agricultura.

900-1.100 d. C. Período, cálido: óptimo medieval.

1450-1850 Pequeña época glacial.

59

Eólica    *Coche eléctrico*    *Placa solar*

¿Va a cambiar el clima?

En el siglo XX, las temperaturas aumentaron 0,6 °C aproximadamente. Este calentamiento podría ser debido a un aumento de los gases de efecto invernadero. Estos gases forman parte natural de la atmósfera y absorben el calor que refleja la superficie de la Tierra. La combustión de carburantes fósiles, como el petróleo y el carbón, provoca un aumento de los gases de efecto invernadero y de ello puede seguirse un «recalentamiento» de la atmósfera. De continuar esta tendencia, los casquetes polares podrían derretirse y aumentaría el nivel del mar transformando en desierto regiones agrícolas actuales.

Hay otras actividades humanas que dañan la capa de ozono, ese gas de la estratosfera que nos protege de los rayos nocivos del sol. Las sustancias químicas que produce la industria, los CFC (clorofluorcarburos) utilizados en los aerosoles, las neveras y los climatizadores, han destruido parte del ozono. Por eso la Tierra recibe más rayos nocivos, lo que quizás explique la aparición de ciertas enfermedades.

PUNTO DÉBIL
El famoso «agujero» en la capa de ozono, en realidad una zona en la que hay menos ozono, puede verse todos los años sobre la Antártida entre agosto y octubre. El agujero no cesa de aumentar desde que se descubrió, seguramente por el uso ininterrumpido de CFC y otras sustancias químicas; el azul indica poco espesor de la capa, el rojo mayor espesor.

En 1985, el enorme descenso del nivel de ozono provocó la aparición de un «agujero» sobre la Antártida.

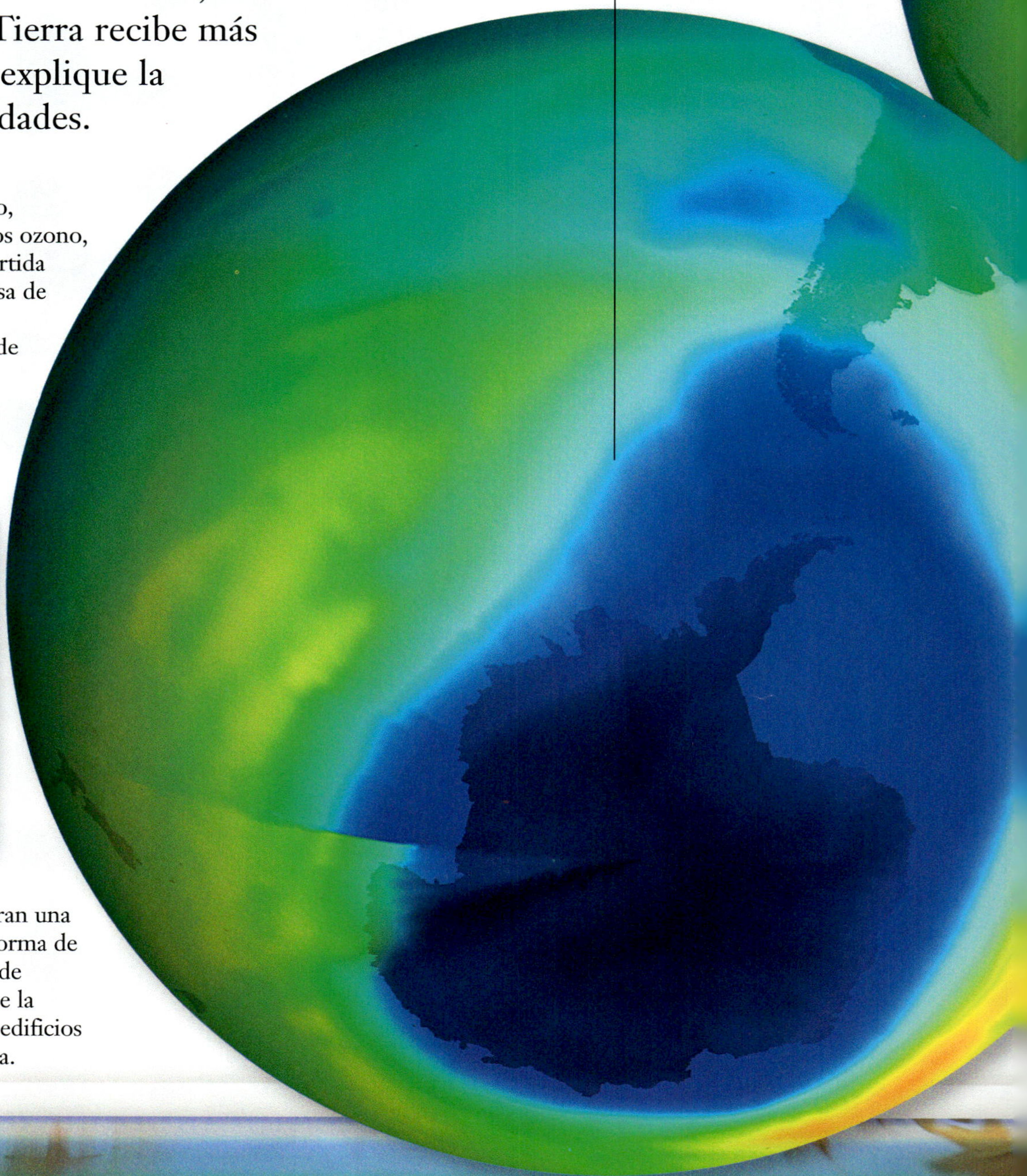

En 2000 el agujero, mayor que nunca, se extendió hacia el norte en dirección a América del Sur.

SMOG
Las grandes metrópolis como México generan una polución atmosférica que se manifiesta en forma de una niebla de humo llamada *smog*. Éste puede resultar nocivo para la salud, ya que favorece la aparición de gases ácidos que estropean los edificios y contribuyen al recalentamiento del planeta.

Historia de las palabras

- La palabra *smog* (niebla de humo) es una contracción de dos términos ingleses, *smoke* («humo») y *fog* («niebla»). Las emisiones de los coches y las fábricas son las principales causas.
- **Ozono** viene del griego *ozein*, que significa «oler». Efectivamente, el ozono desprende un fuerte olor.

¡Increíble!

- Según los científicos, cada vez que se destruye el 1% de la capa de ozono la cantidad de rayos ultravioleta nocivos que llega a la Tierra aumenta en torno al 2%.

Zapping

- ¿Qué es la atmósfera? Respuesta en páginas 8-9.
- ¿Cuál es el papel de la capa de ozono y de los gases de efecto invernadero? → página 9.
- ¿Cómo estudian los científicos los cambios climáticos a largo plazo? → páginas 58-59.

CALOR A LA VISTA

Cuanto más aumente la temperatura de la atmósfera, el calentamiento del planeta causará efectos tremendos.

LLUVIAS LETALES
La combustión de energías fósiles carga el aire de sustancias químicas que se mezclan al vapor de agua y producen lluvias ácidas. Éstas matan las plantas, envenenan los animales, contaminan los ríos y destruyen sustancias vitales del suelo.

TIEMPO DE LLUVIA
El recalentamiento de la atmósfera genera un aumento de las lluvias. En el siglo XX, las lluvias se han incrementado en casi un 1%.

1990. El agujero se extiende sobre toda la Antártida.

SUBIDA DEL NIVEL DEL MAR
El recalentamiento hace que se derritan los glaciares, lo que eleva el nivel del mar. En los últimos cien años, éste ha aumentado entre 15 y 20 cm.

PRIMER PLANO

Un agujero en el cielo

En 1974, dos científicos estadounidenses, Mario Molina y Sherwood Rowland, publicaron un artículo en el que preveían la aparición de un agujero en la capa de ozono por el uso de CFC. Pero otros investigadores lo pusieron en duda. En 1985, el personal de la base británica de observación de la Antártida (abajo) comprobó una disminución tan enorme del nivel de ozono que, al principio, lo atribuyeron a avería de los instrumentos. Al final, las autoridades de diversos países se inquietaron. En 1987, los países miembros de las Naciones Unidas firmaron el protocolo de Montreal prohibiendo el uso de muchos CFC nocivos.
En 1995, Molina y Rowland recibieron por fin el máximo galardón de su especialidad: el premio Nobel de Química.

DESERTIZACIÓN
Un aumento de las temperaturas transformará las regiones semiáridas en zonas áridas. El desierto invadirá algunas regiones agrícolas, lo que acarreará carestía de alimentos.

Ciclón

Bruma

Glosario

Aerosonda Pequeña aeronave sin piloto que sirve para recoger datos meteorológicos.

Altitud Altura en relación con el nivel del mar.

Alto- Prefijo para calificar las formaciones nubosas situadas entre 2.000 y 5.000 m de altitud.

Alud Ver Avalancha.

Aluvión Inundación repentina causada por el paso de gran cantidad de agua por un espacio estrecho, como un cañón o un valle.

Anemómetro Instrumento para medir la velocidad del viento.

Atmósfera Cubierta gaseosa que rodea la Tierra.

Aurora boreal Fenómeno luminoso multicolor, que se produce cuando las partículas originadas por las erupciones solares chocan en la atmósfera con moléculas de oxígeno y ozono.

Avalancha Masa de nieve que se precipita por la ladera de una montaña.

Barómetro Instrumento para medir la presión atmosférica.

Capa de ozono Capa delgada de gas, rica en ozono, situada a unos 24 km por encima de la superficie de la Tierra. El ozono es un gas que protege de los rayos ultravioleta del sol.

Carburantes fósiles Fuentes de energía compuestas de residuos de organismos vivos o de sus productos con alto contenido de carbono e hidrógeno. El petróleo y el carbón son carburantes fósiles.

Celsio, grados (° C) Unidad para medir la temperatura en la mayoría de los países.

Ciclón Tempestad en torbellino que se forma en verano sobre los mares tropicales.

Cirro- Prefijo para designar las formaciones nubosas en altitudes superiores a 5.000 m.

Clorofluorocarbonos (CFC) Sustancias químicas artificiales, contenidas en los aerosoles, refrigerantes y climatizadores.

Clima Condiciones meteorológicas predominantes en una región durante un largo período de tiempo.

Coalescencia Conjunto de gotitas de agua de las nubes que forman las gotas de lluvia.

Condensación Proceso por el que el vapor de agua se transforma en líquido por efecto de enfriamiento.

Convección Ascenso del aire debido al calentamiento del suelo por los rayos del sol.

Coriolis, fuerza Efecto de la rotación de la Tierra que curva la dirección de los vientos.

Corriente marina Movimiento del agua del mar causado por los sistemas de los vientos planetarios. Las corrientes marinas, u oceánicas, transportan agua cálida o fría a largas distancias en torno al planeta.

Desertización Proceso que convierte las tierras fértiles en desierto debido a una disminución de las lluvias.

Dique Obra de tierra para contener o canalizar un río o proteger del mar.

El Niño Corriente marina cálida que se produce cada siete o diez años a lo largo de las costas occidentales de América del Sur, que puede causar sequías en el hemisferio sur.

Escala de Beaufort Escala inventada en 1805 por William Beaufort para indicar la fuerza del viento en función de su velocidad.

Escarcha Capa granulosa de rocío congelado.

Espectro Conjunto de colores que capta el ojo humano: rojo, naranja, amarillo, verde, azul, índigo y violeta.

Estratosfera Capa de la atmósfera situada por encima de la troposfera.

Evaporación Proceso por el que el agua caliente se convierte en vapor de agua.

Fahrenheit, grados (° F) Unidad empleada para medir la temperatura en Estados Unidos.

Fuego de San Telmo Chispas que aparecen sobre un objeto elevado cuando hay tormenta debido a la acumulación de cargas eléctricas.

Fósil Vestigio o impresión de un organismo conservado en la roca o en forma de piedra.

Frente Curva divisoria entre dos masas de aire de distinta temperatura.

Gas de efecto invernadero Gas que impide que el calor se escape de la atmósfera terrestre.

Glaciación Fase de tiempo frío en la historia del planeta durante la cual extensas regiones estuvieron cubiertas de hielo.

Globo sonda Globo que transporta instrumentos meteorológicos.

Golfo, corriente del Corriente marina que transporta agua cálida desde el mar del Caribe hasta el norte de Europa.

Gravitación Fuerza que provoca la atracción de los cuerpos hacia el centro de la Tierra.

Hectopascal Unidad empleada para medir la presión atmosférica. Un hectopascal (hPa) equivale a 100 pascales (Pa).

Barómetro

Símbolo de frente frío

Cumulonimbo con yunque y mammatus

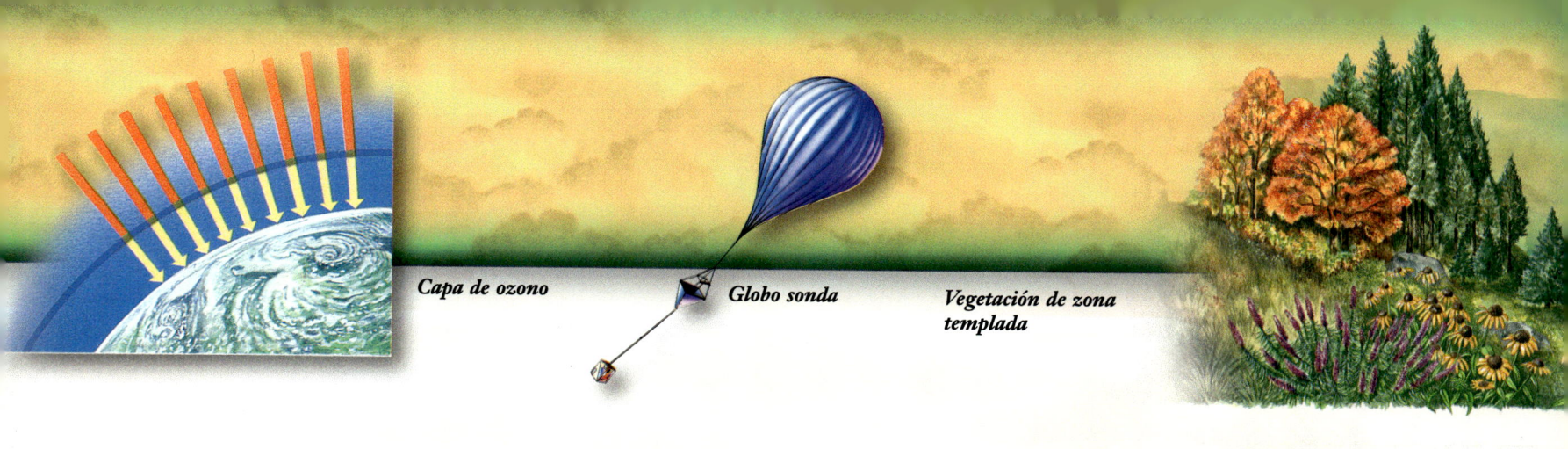

Capa de ozono   *Globo sonda*   *Vegetación de zona templada*

Hemisferio Cada una de las dos mitades de la Tierra a un lado y otro del ecuador. Europa y Estados Unidos están en el hemisferio norte; Australia y América del Sur en el hemisferio sur.

Hielo, placa de Cubierta gruesa de hielo liso y transparente.

Higrómetro Instrumento para medir la humedad.

Humedad Cantidad de vapor de agua contenido en el aire.

Interglaciar (período) Período entre dos glaciaciones.

Isobara Línea que une los puntos de igual presión atmosférica en los mapas de meteorología.

Latitud Una de las coordenadas de cualquier punto sobre la superficie de la Tierra, que indica su distancia respecto al ecuador.

Lluvia ácida Precipitación resultante de la mezcla del vapor de agua contenido en el aire con sustancias químicas debidas a la combustión de energías fósiles y a la polución.

Marea de tempestad Llamada también ola de tempestad, que azota el litoral cuando un ciclón llega a tierra, debido a la formación de una «giba» de agua en el ojo del ciclón.

Medio ambiente Conjunto de elementos físicos y biológicos de muestro entorno.

Meteorología Ciencia que estudia las previsiones del tiempo.

Molécula Conjunto de átomos El dióxido de carbono (CO_2), por ejemplo, está formado por un átomo de carbono (C) y dos de oxígeno (O).

Monzón Viento estacional que provoca fuertes lluvias en las regiones tropicales y subtropicales.

Ojo Zona despejada en el centro del ciclón en la que existe una presión atmosférica muy baja.

Presa Obra que interrumpe el curso de un río. Sirve para controlar el caudal de los ríos expuestos a crecidas y también para producir electricidad haciendo pasar el agua por turbinas.

Niebla Nube que se forma cerca del suelo o sobre él. Se denomina niebla si la visibilidad es inferior a 1 km y bruma cuando es inferior a 5 km.

Precipitaciones Gotas de agua y cristales de hielo que caen sobre la tierra en forma de lluvia, granizo o nieve.

Presión atmosférica Peso del aire sobre un determinado lugar de la superficie de la Tierra.

Radiosonda Instrumento de medición para registrar la presión atmosférica, la temperatura y la humedad, que envía los datos a un observatorio meteorológico.

Rayo verde Efecto luminoso que se produce cuando la atmósfera refracta la luz del sol al amanecer o al anochecer, momento en que todos los colores del espectro son visibles un breve instante. El último color es el verde porque el azul, el índigo y el violeta los oculta el polvo.

Recalentamiento del planeta Aumento de la temperatura media de la atmósfera.

Templada Se dice de la región en donde el tiempo no es ni muy frío ni muy caluroso. Las regiones templadas tienen cuatro estaciones diferenciadas.

Tempestad de polvo Nube gigantesca de polvo en movimiento.

Termómetro Instrumento para medir la temperatura.

Tornado Torbellino de aire que alcanza 1 km de diámetro, se desplaza hasta 120 km/h y genera vientos que alcanzan 500 km/h.

Tromba marina Columna en espiral de aire cargado de agua que se forma cuando las corrientes de aire aspiran agua de un lago o del mar.

Tropopausa Zona que separa la troposfera de la estratosfera.

Troposfera La capa más baja de la atmósfera y en la que vivimos. Casi el 99 % de los fenómenos climáticos se producen en la troposfera.

Vapor de agua Agua en estado gaseoso.

Ventisca Tempestad violenta de nieve con fuertes vientos.

Vientos dominantes Los vientos más frecuentes en una región determinada.

Virga Lluvia que se evapora antes de llegar al suelo. Aparece a veces en forma de estrías en el cielo.

Vía Láctea Galaxia en la que se encuentra nuestro sistema solar.

Vórtice Embudo del tornado.

Yunque Cima de una nube de tormenta.

Dique   *Anemómetro*   *Desertización*

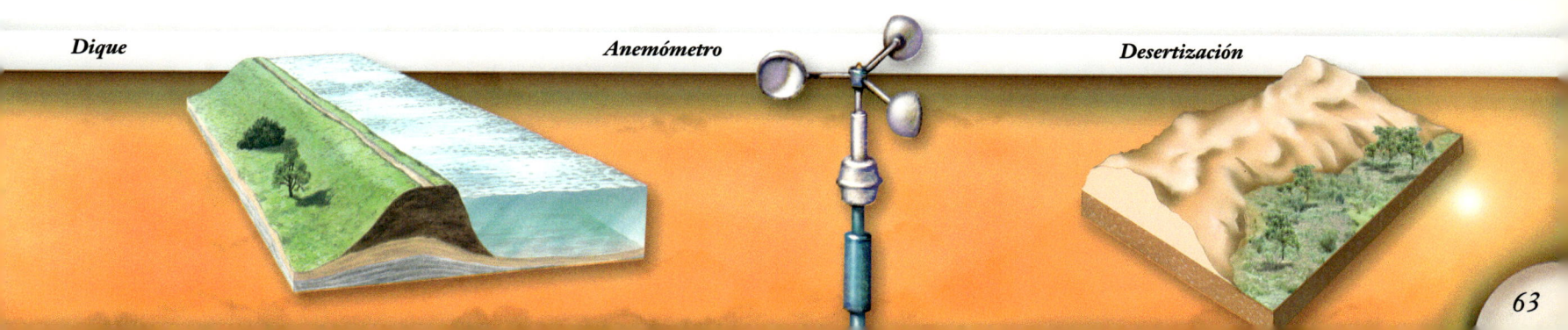

Índice analítico

A
adaptación, 44
advección, 21
agua, 8, 15, 20-21, 22, 24, 26, 27, 30, 31, 61
aguacero, 24, 25
aire, 8, 10, 11, 12-13, 14, 16, 17, 20, 21, 22, 23, 24, 25, 26, 30, 31, 35, 40, 42, 49
alta presión, 10, 11, 13
altitud, 8, 10, 12, 17, 18, 22, 45, 62
altocúmulo, 17, 22, 55
altoestrato, 17
alud, 42, 43, 62
anemómetro, 52, 53, 55, 62
anticiclón, 10, 11, 57
arco iris, 26, 27
atmósfera, 8-9, 10, 11, 12, 15, 22, 26, 40, 50, 52, 60, 61, 62
aurora, 26, 27, 62
avalancha, *ver* alud

B
barómetro, 50, 51, 52, 62
baja presión, 10, 11, 13, 14, 15, 16, 17, 36
brisa, 10
brisa de mar, 14, 15
brisa de tierra, 14, 15
bruma, 20
boletín meteorológico, 54, 55, 56-57, 58

C
calor, 9, 14, 36, 52, 60
capa de ozono, 9, 60, 61, 62
casquete glaciar, 58, 60
célula, 12
Celsio (grado)
CFC (clorofluorocarbonos), 60, 61, 62
Chac (dios), 48
ciclón, 36-37, 38, 56, 62
 alerta por ciclón, 57
cielo aborregado, 17
cirroestratos, 22
cirros, 17, 22
clima, 10, 12, 14, 18-19, 40, 58-59, 60-61, 62
coalescencia, 24, 62
condensación, 20, 22, 62
congelación, 22, 24
convección, 10, 23, 62
copo, 25, 41
Coriolis (fuerza), 12, 13, 35, 37, 62
corriente ascendente, 30, 31, 32
corriente descendente, 30, 31, 32
corriente-chorro, 12, 13
corriente marina, 14, 18, 52, 62
corriente oceánica, *ver* corriente marina
crecida, 38, 39, 62
cristales, 20, 22, 24, 25, 27, 30
cumulonimbos, 23, 24, 30, 31
cúmulos. 31

D
danza de las serpientes, 49
depresión, 10, 11, 56
desertización, 61, 62
desierto, 41, 44, 60, 61
diluvio, 39
dique, 38, 62

E
El Niño, 41, 62
electricidad, 32, 33
energías fósiles, 60, 61, 62
enfriamiento, 59
Eolo (dios), 48, 49
Ecuador, 12, 18, 36, 37
escarcha, 21, 42, 63
espectro, 26, 27, 63
estación meteorológica, 52, 53
estaciones, 10-11, 50
estratosfera, 8, 60, 63
estratos, 17, 21, 22
evaporación, 15, 62
exosfera, 8

F
Fahrenheit (grado), 53, 62
fósil, 58, 59, 62
Foehn efecto de, 15
frente, 16-17, 23, 55, 56, 62
fuego de San Telmo, 33, 62

G
gas, 9, 22, 60, 62
glaciación, 58, 59, 63
Golfo, corriente del, 14, 63
gotitas, 24, 26, 27, 30, 42
granizo, 24, 25, 30, 31
gravitación, 10, 63

H
halo, 27
hambruna, 41
hectopascal, 11, 63
helios (dios), 48
hemisferio, 63
hibernación, 45
higrómetro, 21, 50, 52, 63
hielo, 9, 21, 22, 24, 25, 27, 30, 42
humedad, 20, 22, 23, 25, 30, 31, 34, 36, 40, 49, 52, 63
huracán, 36

I
inundación, 36, 38-39, 56
Internet, 51, 56
invernadero efecto , 9, 60, 63
iridiscencia, 27
isobara, 56, 57, 63

L
latitud, 18, 63
levantamiento orográfico, 23
luz, 9, 26, 27, 58

LL
lluvia, 10, 13, 15, 16, 17, 23, 24, 26, 30, 31, 36, 38, 40, 41, 42, 48, 53, 55, 61
lluvia ácida, 61, 63
lluvia con escarcha, 24

M
mammatus, 30
mar, 14, 36, 40
 aumento del nivel del mar, 61
marea de tempestad (ola de tempestad), 36, 38, 63
medidas meteorológicas, 52-53
mesosfera, 8
meteorología, 50-51, 63
meteorólogo, 50, 52, 54, 55, 56, 57
mitos, 48
montaña, 18, 42
monzón, 13, 63

N
Namarrgon (dios) 48
nieve, 17, 24, 25, 43
tempestad de nieve, 42-43
nube, 8, 9, 10, 11, 14, 15, 16, 17, 20, 22-23, 24, 26, 27, 30, 31, 32, 33, 34, 35, 36, 40, 48, 52, 54, 55
formación de las nubes, 23
nube lenticular, 22
nube orográfica, 23
nube estratiforme, 24

O
océanos, 9
ojo del ciclón, 36, 52, 63
muro del ojo, 36
ola de tempestad *ver* marea de tempestad
órbita terrestre, 58, 59
Organización meteorológica mundial, 51
oxígeno, 10, 26, 45
ozono, 9, 60, 61

P
Pájaro trueno (ave mítica), 48
paleoclimatología, 59
pedrisca, 30
perturbaciones atmosféricas, 17
píleo, 30, 31
pluviómetro, 39, 53
pluviosidad, 39
polos, 18, 26
polución atmosférica, 60
precipitaciones, 24-25, 41, 51, 63
presión atmosférica, 10, 11, 52, 56, 57, 63
previsiones meteorológicas, 50, 51, 54-55

R
radar, 50, 51, 53
radiosonda, 52, 53, 63
rayo, 32, 33, 48
rayo verde, 26, 63
rayos ultravioleta, 9, 61
regiones áridas, 12, 40
regiones polares, 18
regiones templadas, 18, 63
regiones tropicales, 18
relámpago, 30, 32-33, 48
riada, *ver* aluvión

S
satélite, 8, 37, 38, 50, 52, 55
sequía, 24, 40-41
Shango (dios), 49
simulador meteorológico, 54, 55
sistema depresionario, 16
smog, 60, 61
Sol, 8-9, 10-11, 15, 21, 26, 27, 45, 60

T
telégrafo, 50, 51
temperatura, 8, 10, 14, 16, 20, 24, 25, 32, 40, 52, 53, 58, 60, 61
tempestad de nieve, *ver* ventisca
tempestad de polvo, 40, 63
tempestad de hielo, 42
termómetro, 8, 9, 50, 52, 53
termosfera, 8
Thor (dios), 48
Tierra, 14, 21
tifón, 36, 37
tormenta, 8, 16, 30-31, 32, 33, 34, 35, 36, 48, 49, 51, 52, 55, 56
tormenta multicelular, 31
tornado, 34-35, 63
tromba, 34, 63
trópicos, 11, 12, 19
tropopausa, 30, 31, 52, 63
troposfera, 8, 22, 63
trueno, 30, 32, 48

U
Ultravioleta, *ver* rayos ultravioleta

V
vapor, 15, 20, 21, 2226, 30, 31, 61, 63
vegetación (efecto del clima), 18
ventisca, 42, 43
viento 10, 11, 12, 13, 16, 18, 31, 34, 35, 36, 37, 38, 40, 41, 45, 51, 53, 54, 63
costero, 14
marítimo, 15
virga, 24, 25, 63
vórtice, 35, 63

Y
yunque, 30, 31, 62

Z
zanahoria, 58
Zeus (dios), 48
zonas áridas, 18
zonas climatológicas, 19
zonas costeras, 18
zonas templadas, 40

Los editores dan las gracias a los niños que aparecen fotografiados en el libro: Charlotte Barge, Alex Hall, Cassandra Hall, Heide-Jo Kelly, Emily Knight, Gregory Knight, Elizabeth Lum, Abbey Piaud, Christopher Piaud, Jules Smith-Ferguson y Pasang Tenzing.

FOTOS
(a = arriba, b = abajo, i = izquierda, d = derecha, c = centro)
AAP Images 42 bi. AdLibitum 5 bc, 7 bd, 11 cd, 12 ac, 14 bi, 18 c, 20 b, 21 bi, 26 bi, 28 c, 32 i, 39 bd, 47 cd, 51 bd, 55 d, 56 bi (Mihal Kaniewski). APL 13 ad, 18 ad, 20 c, 21 bd, 26 ai, 27 bd, 27 cd, 30 bi, 31 a, 32-33 c, 37 bd, 37 c, 39 ad, 40 bi, 41 ac, 42 ad, 45 c, 51 cd, 54 ci, 59 bd (Corbis); 17 ac, 25 bi. Bill Bachman 57 a. Digital Stock 37 ai. Warren Faidley 34 bc. Hurricane Hunters USA 36 c. Getty Images 34 bi (Tony Stone/Buff Corsi); 34 ad (Tony Stone/Dr. Scott Torquay); 10 ad (FPG); 8bi (Hulton Archive); 12 bc, 37 bd (Tony Stone); 35 I, 61 ad. NASA 47 bd, 60-61 c (GSF-SVS, TOMS Project). NGS 32 ci (W. Faidley); 53 i. NOAA 61 bc (fotografía del Dr. Ryan Sanders), 43 ci. Photo Essentials 49 ad. photolibrary. com 59 ad (Baun and Hembest/SPL); 24 b, 26 ad (Jocelyn Burt); 60 bi (Conor Caffrey/SPL); 27 I (Jack Finch/SPL); 54 ad (Los Alamos Nat. Lab/SPL); 22 bi (Magrath/Folson); 22 c (NASA); 8 ad (NASA/Goddard SPC Flight/SPL); 16 ai (NASA/Science Source); 37 cd (NASA/SPL); 27 ad (George Post/SPL); 12 ci, 15 bd, 17 c, 38 bi, 50 bi, 56 ad, 8 cd (SPL); 9 bi (Van Sant/GEO/SPL); 10 ci (Robin Smith); 25 cd, 58 bi, 61 ac. Physical Oceanography Research Division, Scripps Institute of Oceanography 41 ad, 41 cd (Warren B. White). Royal Meteorological Society, Londres 22 bc. San Diego Historical Society Photograph Collection 24 ci. Dr. P.S. Tacon 48 i. Wildscape Australia 52 ad (Peter Jarver); 30-31 c, 54 b.

ILUSTRACIÓN
Anne Bowman 29 bi; 44/45. Chris Forsey 4 ad; 6 bd, 7 bi; 14/15 c; 14 ac; 14 ad; 15 bi; 15 bc; 24/25; 29 a; 36/37; 62 ai. Richard McKenna 47 ad; 54/55; 60/61; 63 ac; 63 bc. Nicola Oram 7 ad; 18 a; 18/19 b; 63 ad; Oliver Rennert 1 ad; 3ad; 5 ad; 6 bi; 6 acd; 6 bcd; 10/11; 12/13; 28 ad; 28 bi; 28 bd; 30/31; 32/33; 34/35; 46 bi; 46 bd; 52/53; 62 bi; 62 bd; 62 bc; 63 bc. Glen Vause 4 bd; 4 cd; 7 ci; 20/21; 26 bc; 29 ci; 40/41; 46 a; 46 c; 48/49; 50/51; 62 ad. Laurie Whiddon 14 cd ; 18/19 ; 47 cd ; 56/57. Wildlife Art Ltd. 4 cd; 6 ac; 7 ai; 8/9; 16/17 b; 16 ac; 17 d; 22/23; 29bd; 38/39; 42/43; 47 ci; 58/59; 63 ai; 63 bi; 8/9; 16/17 b; 16 ai; 16 ac; 17 d; 22/23; 29 cd; 38/39; 42/43; 47 ci; 58/59; 63 ai; 63 bi.

CUBIERTA
Chris Forsey; Richard McKenna; Oliver Rennert; Glenn Vause; Wildlife Art Ltd.

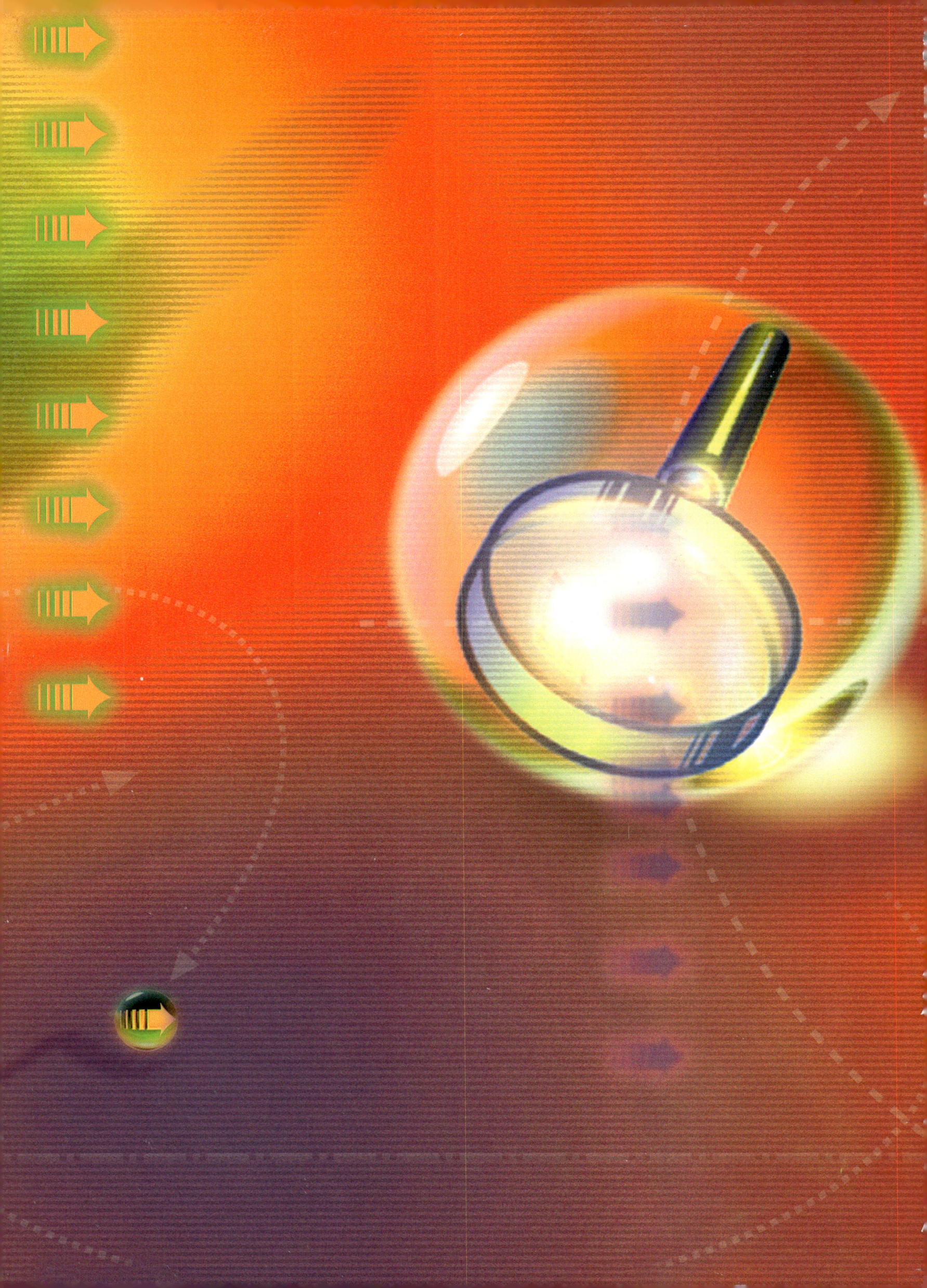